Heinz Helmke

WIR JUNGS VOM SCHÄNZCHEN

BoD

© 2018 Heinz Helmke

Herstellung und Verlag:

BoD – Books on Demand, Norderstedt

Textgestaltung: Heinz Helmke

Illustrationen und Covergestaltung: Armin Pillmann

Satz: Dorothea Helmke-Pillmann

Danke für die Hilfe beim Lektorat: Andrea Beck, Reiner Wolf

ISBN-13: 9783749499236

Vorwort

Die Geschichten von uns Jungs am Schänzchen führen zurück
in die Jahre von 1930 - 1936. Ich hatte das Glück, dass ich in diesen
sechs Jahren viele Stunden meiner freien Zeit mit gleichgesinnten
Spielkameraden verbringen konnte. Wir waren nicht im gleichen
Alter, im Gegenteil, einige waren älter und andere jünger als ich.
Wir besuchten nicht dieselbe Schule, hatten nicht dieselbe Religion und gehörten auch keinem Verein an, bei dem wir unsere
gemeinsame Freizeit verbringen konnten. Was uns zusammen
führte, war der Rhein, der an der Uferstraße unseres Wohngebietes
vorüber floss. Und am Rhein, am Schänzchen, wo die Uferstraße
in den Leinpfad mündete, war der Treffpunkt, wo wir uns nach
der Schule für Sport und Spiel verabredeten.

Am Rhein war immer etwas los. Wir lebten mit dem großen
Strom zu jeder Jahreszeit und bei jedem Wetter. Im Sommer wurde
im Rhein geschwommen, im Kanu gepaddelt und Ausflüge auf
kleinen und großen Schiffen gemacht. Im Winter vergnügten wir
uns auf dem zugefrorenen Gewässer zwischen Ufer und Eisschollen
beim Schlittschuhlaufen und Bahnschlagen. Wir erlebten Vater
Rhein bei Hochwasser, wenn er über die Ufer geflossen war und
uns den Ausgang aus dem Haus versperrte und bei Niedrigwasser,
wenn er sich weit zurückgezogen hatte, und wir im trockenen
Flussbett und auf Sandbänken spielen konnten.

Der Rhein duldete keinen Leichtsinn, und wir Jungs hatten
großen Respekt vor seiner Naturgewalt. Wir haben erlebt, wie in
Not geratene Menschen, für die jede Hilfe zu spät kam, den Tod
in den Fluten des Flusses fanden.

Auch die Uferstraße, auf der damals so gut wie kein Straßen-verkehr herrschte, war für uns ein abwechslungsreicher Spielplatz. Radios waren erst bei wenigen Familien vorhanden, ganz zu schweigen vom Fernsehen. Smartphones und iPods, die heutzutage schon bei den kleinsten Schulkindern zum Alltag gehören, waren uns gänzlich unbekannt.

Übrigens, der Name Schänzchen - die Verkleinerung des Wortes Schanze, stammt von einem kleinen Außenfort, das im 16. und 17. Jahrhundert an dieser Stelle stand. In der Römerzeit lag dort die Südost-Ecke des in Bonn ansässigen Römerlagers. In späteren Jahren war an diesem Ort ein Restaurant mit dem Namen Schänzchen.

Heinz Helmke

Heinz Helmke

WIR JUNGS VOM SCHÄNZCHEN

Wir Jungs vom Schänzchen.
Hintere Reihe v. links: Alfred, Rudi, Reinold und Alex.
Vordere Reihe v. links: Otto, Wolfgang, Zirjack, Hubert, Hansi und Heinz.

I

Lothar hatte sein Segelboot in der kleinen Bucht am Schänzchen vor Anker gelegt und vertraute darauf, dass es dort gut und sicher aufgehoben sei. Doch dem war nicht so. Eines Abends brachten es Schurken aus reiner Zerstörungslust zum Kentern. Rudi, unser Hans Dampf in allen Gassen, war Zeuge der Untat, versäumte es aber, schnell Hilfe zu holen, um den Übeltätern das Handwerk zu legen. Die Polizei, die später eingeschaltet wurde, hat die Strolche nie erwischt. Auch jene Bösewichte blieben ungeschoren, die von der Veranda meines Elternhauses die schöne Fahne mit dem Wappen der Stadt Bonn samt ihrem Mast entwendeten.

Doch was waren derartige Vergehen im Hinblick auf gewisse Gewalttaten, die in der Innenstadt geschahen. Reinold hatte am hellen Tag auf der Straße eine Prügelei zwischen Kommunisten und Braunhemden erlebt. Ganz aufgewühlt erzählte er Otto und mir von diesem schrecklichen Erlebnis. „Das hättet ihr sehen müssen", überfiel er uns und fuhr dann fort: „Übrigens, die Kommunisten versammeln sich an jedem Sonntag gleich neben dem Haupteingang der Kirche, und nach der letzten Messe ziehen sie durch die Stadt. Wenn ihnen dann Braunhemden über den Weg kommen, gibt's Zunder. Was haltet ihr davon, wenn wir nächsten Sonntag zusammen zum Stiftsplatz gehen und schauen uns das Spektakel an?"

Otto und ich besuchten sonntags zwar die Schulmesse, die immer von neun bis zehn Uhr stattfand. Doch an diesem Sonntag gingen wir mit Reinold zur Stiftskirche. Die letzte Messe begann um halb zwölf und dauerte nur eine halbe Stunde. Und wie Reinold es geschildert hatte, standen neben dem Hauptportal uniformierte Männer mit Fahnen und Musikinstrumenten, umgeben von einigen Zivilisten. Pünktlich um zwölf Uhr, während die Orgel noch die letzten Töne von: „Großer Gott wir loben Dich, Herr wir preisen Deine Stärke", spielte, öffnete der Küster schon das Hauptportal und die Kirchenbesucher strömten hinaus ins Freie. Die Kommunisten hatten auf das Ende der letzten Sonntagsmesse gewartet, und nun gab's unter den versammelten Männern Bewegung. Sie stellten sich für ihren Umzug in Dreierreihen auf und bildeten eine Kolonne. Und dann mit dem Schall der Schalmeien marschierten sie los, vorneweg kräftige Burschen, direkt dahinter Musiker und dann folgten Fahnenträger. Die Fahnenträger imponierten mir, weil sie ihre Banner nicht bequem auf ihren Schultern trugen, sondern diese mit ausgestreckten Armen über ihre Köpfe empor reckten. Einige Leute schlossen sich dem Zug an, und auch Reinold, Otto und ich folgten hinterher. Beim Klang der Schalmeien wurde lautstark gesungen: „Völker höret die Signale, auf zum letzten Gefecht. Die Internationale erkämpft das Menschenrecht". Als die Kolonne die Innenstadt erreicht hatte, erklang von der entgegengesetzten Richtung Marschmusik. „Horch", sagte Reinold: „Das sind die Braunhemden. Wenn das mal gut geht!" Aber es ging nicht gut wie wir alsbald erlebten. Im Gegenteil, das Zusammentreffen verlief nicht friedlich. Es gab ein großes Chaos, und uns wurde die Sache zu heiß. Wir suchten eiligst das Weite.

Dass Männer sich am helllichten Tag in unserer Stadt prügelten, war furchterregend. Da lobte ich mir unser Schänzchen, wo die Welt noch in Ordnung war. Jedenfalls hatte ich das bis Dato angenommen. Doch dem war nicht so. Eines Tages, um die Mittagszeit, stürmten drei kräftige Männer in den Hof des Elternhauses, wo ich mit dem Putzen meines Fahrrades beschäftigt war. Die drei Kerle liefen geschwind vorbei, ohne mich eines einzigen Blickes zu würdigen. Sie rannten in den Bootsschuppen, obwohl sie dort, wie ich wusste, kein Boot untergestellt hatten. Ich ahnte Böses und wetzte ins Haus, trampelte die Holztreppe hinauf zur ersten Etage, wo ich meine Mutter im Elternschlafzimmer antraf. Völlig außer Atem stammelte ich: „Drei fremde Männer sind ins Bootshaus gelaufen". Diesen Satz hatte ich kaum zu Ende gesprochen, da stürmten zwei dieser Kerle, die mir gefolgt waren, zu uns ins Schlafzimmer. Einer von ihnen trat drohend vor meine Mutter und hielt ihr ein Messer an die Kehle: „Wo ess die Drecksau", blökte er. „Saach mir, wo die Sau ess". Ich stand wie versteinert dabei. Am liebsten hätte ich den Kerl ins Bein gebissen, doch in meiner Angst war ich dazu nicht fähig. Meine Mutter reagierte sehr gefasst und sagte: „Wenn Sie glauben, dass ich hier jemand verstecke – bitte, schauen Sie doch nach". Die Männer durchwühlten die Kleiderschränke, schauten unter die Betten und in die Nischen neben den Fenstern. Da sie nicht gefunden hatten, was sie suchten, sagte der Mann mit dem Messer. „Freu dich net zo fröh, Määdche. Wenn wir die Drecksau bei dir finge, dann jeht et dir schlääch". Nach diesem Überfall verließen sie das Schlafzimmer, schauten bei der Türe noch einmal zurück und riefen mit geballten Fäusten: „Heil Moskau!"

Nachdem ich meine Fassung wieder erlangt hatte, fragte ich meine Mutter: „Was suchten die Männer bei uns?" „Die suchen Tante Sophies Sohn. Doch den kennst du nicht", antwortete sie. „Warum suchen sie ihn?", fragte ich. „Ich weiß es nicht. Er ist ein Gegner der Kommunisten. Tante Sophie macht sich große Sorgen um ihn", entgegnete sie. „Warum geht Tante Sophie nicht zur Polizei?", wollte ich wissen. Doch sie sagte: „Ich werde mit Vater telefonieren und ihm sagen, was soeben geschehen ist". Damit war die Sache abgehakt. Tante Sophie war meines Vaters Schwester. Sie war Witwe und wohnte bei ihrer Tochter und ihrem Schwiegersohn im Nebenhaus, wo die jungen Leute eine Backstube betrieben. Ein Ladengeschäft besaßen sie nicht, sondern ihre Ware verkauften sie an das einschlägige Gewerbe, z.B. an Konditoreien, Cafés, Bäckereien u.a.m. Jedes Mal, wenn nebenan gebacken wurde, verbreitete sich über unserem Wohnviertel ein herrlicher Duft von frisch gebackenen Plätzchen. Beschädigte Ware, das so genannte Geschreppel, wurde nicht an die Kundschaft verkauft, sondern verschenkt oder selbst verzehrt. Dank Tante Sophie kamen auch wir Kinder in den Genuss von Geschreppel. Sie kam uns Kindern auf dem Heimweg von der Schule entgegen. Unter ihrer bunten Schürze trug sie einen großen Stoffbeutel, aus dem sie jedem eine Handvoll von dem leckeren Gebäck schenkte. Als Dankeschön machten Otto und ich kleinere Besorgungen für Tante Sophie. Otto holte hin und wieder einen Krug Bier bei der Wirtschaft „Im Anker", womit sie, wie sie sagte, ihren Kummer herunterspülen müsse. Ich kaufte Schmierseife, Kartoffeln, Hülsenfrüchte und andere Sachen beim Kolonialwarenhändler. Manchmal fegten wir beide auch das Trottoir entlang der Backstube. Den Fahrweg, wo Autos und Fuhrwerke verkehrten, brauchten wir nicht zu fegen. Das war die Arbeit des Mannes mit der Köttelchenskarre, der die Pferdeäpfel mit Besen und Schaufel zusammenfegte und in seine Handkarre kippte. Weggeworfene Flaschen, Plastikbecher, Kippen, Hundekot, leere Zigarettenpackungen und sonstiger Unrat gab es seinerzeit nicht auf unseren Straßen.

Die elenden Geschöpfe, die meine Mutter bedroht hatten und beim Verlassen des Zimmers ‚Heil Moskau' gerufen hatten, kamen aus der Kuhl, einem Armenviertel unweit vom Schänzchen entfernt. Dort wohnten viele Familien, die mit Kommunisten, der KPD (Kommunistische Partei Deutschlands), sympathisierten. Die meisten der dort wohnenden Familien lebten in ärmlichen Verhältnissen. Die Männer hatten keine Arbeit und infolgedessen auch kein Einkommen. Sie waren auf den Unterhalt vom Staat, also auf die Fürsorge, angewiesen. Für diese Unterstützung gab es das geflügelte Wort: „Zum Leben zu wenig und zum Sterben zu viel". Doch nicht nur in der Kuhl lebten arme Menschen, auch anderwärts grassierte große Armut. Bessere Zeiten verhieß die KPD, wenn die Bürger Ernst Thälmann zum Reichspräsidenten wählen würden. „Wählt Thälmann, den Kandidaten der Armen!" war auf farbigen Plakaten zu lesen, die überall in der Stadt aushingen. Und der auf den Plakaten abgebildete Mann mit schwarzer Schirmmütze machte durchaus einen vertrauensvollen Eindruck.

Arbeit gab es zeitweise bei der Werft am Schänzchen, wo kräftige Männer zum Entladen von Frachtschiffen beschäftigt wurden. Für mich war es sehr interessant, ihnen bei ihrer Arbeit zuzuschauen. Da wurden zum Beispiel lange Holzbretter an Land befördert, alles ohne Kran und Flaschenzug, sondern nur mit Muskelkraft. Die Arbeiter hievten die Bretter aus dem Schiffsbauch an Deck, luden sie auf ihre Schultern und trugen sie über federnde Holzdielen an Land. Dort legten sie ihre Last auf einen am Ufer bereitgestellten Pritschenwagen ab. Wie Akrobaten eilten die Männer mit den geschulterten Brettern über die schwankenden Dielen. Dabei durfte ihnen kein Fehltritt unterlaufen, sonst würden sie samt ihrer Last zwischen Schiff und Werftmauer in den Rhein stürzen. Doch so oft ich dabei zugeschaut habe, gab es bei dieser Tätigkeit kein Unfall.

Aber nicht nur Holzbretter wurden angeliefert, auch Kohle und Tonerde brachten die Frachtschiffe ans Schänzchen. Die Kohle wurde von den unten im Schiffsbauch gebunkerten Halden in Jutesäcke geschaufelt. Einen prallgefüllten Sack lud ein Träger auf seine Schulter, kletterte auf einer Holzleiter hinauf zum Schiffsdeck und eilte über eine federnde Diele an Land, wo die Kohle in einen Kastenwagen gestülpt wurde. Mit dem leeren Sack eilte der Mann über eine parallel verlaufende Diele zurück zum Schiff, die Leiter hinunter in den Schiffsbauch, wo bereits gefüllte Säcke zum Abholen und Wegtragen bereitstanden. Bevor die Träger mit ihrer Arbeit begannen, hatte jeder sich einen sauberen Jutesack genommen und daraus eine Kapuze gemacht, die Kopf, Schulter und Rücken vor dem Kohlenstaub schützen sollte. Doch ein wirksamer Schutz bot eine solch improvisierte Kapuze nicht. Da der aufgewirbelte, feine Staub in den Gesichtern und auf den nackten Oberkörpern der Männer haften blieb, waren sie schon nach kurzer Zeit schwarz wie Neger.

Auch Töpferton kam per Frachtschiff an die Werft. Es waren graue Blöcke in der Größe von Backsteinen, die im Schiffsbauch in hohen Haufen aufgetürmt lagen. Zum Entladen wurde jeder Block einzeln mit einer Lanze aufgespießt und oben an Deck in einen bereitstehenden Weidenkorb abgelegt. Ein Träger hob den mit Töpferton gefüllten Korb auf seine Schulter und trug ihn über eine schwankende Diele an Land. Dort entleerte er den Korb in einen bereitstehenden Anhänger. Beim Ausleeren eines Korbes plumpste einmal ein solcher Block auf die Erde. Ich hob ihn auf, um ihn auf den Anhänger zurückzuwerfen. Doch ich war ganz verblüfft über das schwere Gewicht des Tonklotzes. Damit hatte ich nicht gerechnet. Schwer wie Blei lag er in meinen Händen, und aalglatt und glitschig war er obendrein. Glitschig waren auch die Laufwege geworden, auf denen die Träger balancierend ihre Körbe an Land trugen. Die Männer zeigten großes Geschick bei dieser anstrengenden Arbeit, und meines Wissens hat sich auch beim Löschen dieser Fracht kein Unfall ereignet.

II

Unseren Vater Rhein konnte ich mir ohne Angler nicht vorstellen. Zu jeder Tageszeit bevölkerten sie die Ufer des Flusses. Schaulustige standen immer dabei und schauten ihnen interessiert über die Schultern. An diesem Tage hatte sich ein Angler mit seinen Utensilien beim Alten Kran niedergelassen. Reinold und ich waren die einzigen Zaungäste des Anglers. Die Rotaugen bissen gut an und der Mann holte einen zappelnden Fisch nach dem anderen aus dem Fluss. Wir waren erstaunt über das Anglerglück des Mannes, der seinen Fischkorb schon prall gefüllt hatte. „Frag' doch mal den Mann", forderte Reinold mich auf, „welchen Köder er verwendet". Reinold hätte von dem Mann gern erfahren, womit er die Fische so zahlreich an die Angel bekommt, um später selbst so erfolgreich fischen zu können. Für uns Jungs war Angeln ein Spiel, das wir mit selbstgebauten Angelgeräten betrieben. Für die Rute nahmen wir Weidenzweige, die mit Isolierband umwickelt wurden, um sie belastbarer zu machen. Isolierband beschafften wir uns direkt von der Fabrik am Rande der Stadt, wo es Abfallmaterial für wenige Pfennige zu kaufen gab. Die Ösen zur Führung der Angelschnur bogen wir aus Kupferdraht in die passende Form. Schwimmer bastelten wir aus Flaschenkorken und den Kielfedern von Vögel. Angelschnur, Silk und Angelhaken kauften wir im Fachgeschäft. Natürlich durften wir unser Spiel nicht in der Nähe von Berufsanglern ausüben. Die hätten uns zum Teufel gejagt. Zum Fischen im Rhein wurde natürlich ein amtlicher Angelschein benötigt, den wir Jungs nicht besaßen und auch nicht erhalten hätten.

„Nun frag' doch den Mann", drängte Reinold abermals. „Was er in der Dose hat. Das ist doch nicht normal, was der alles aus dem Wasser holt". „Warum fragst du ihn denn nicht selbst", entgegnete ich missmutig. „Nein, du machst das besser", behauptete er. „Na, schön. Wenn's denn sein muss, dann frage ich halt", erwiderte ich mürrisch. Da der Mann gerade dabei war, einen neuen Köder an den Angelhaken anzubringen, hielt ich dies für den richtigen Augenblick, um ihn anzusprechen. „Hallo, darf ich Sie etwas fragen?", wandte ich mich an den Angler. „Die Fische beißen heute besser an, als an anderen Tagen. Sie müssen wohl einen besonders leckeren Köder benutzen. Was verwenden Sie eigentlich?" Der Angler ignorierte meine dumme Frage und schien von meiner Anwesenheit überhaupt keine Notiz zu nehmen. Erst nach einer langen Pause und ohne sich überhaupt nach mir umzudrehen, sagte er: „Dat ess dem Delonge singe Aasch!" Ich war schockiert von dieser Entgegnung. Da hatte Reinold nun seine Information, eine höchst unanständige. Wir fühlten uns verhöhnt und blieben keinen Augenblick länger bei dem unanständigen Kerl stehen. Dennoch rätselten wir beim Davongehen: „Wen oder was meinte der Angler eigentlich mit dem Namen Delonge?" Wir hatten diesen Namen vorher nie gehört. Doch am nächsten Tag, als ich mit Otto zum Warenhaus Tietz ging, erfuhren wir über den Namensträger einiges, denn beim Stiftsplatz trafen wir auf ein Trauergeleit für den verstorbenen Herrn Delonge. Ich erzählte meinem Bruder die Geschichte von dem unanständigen Angler. Otto musste lachen und sagte schelmisch: „Wenn er das zu mir gesagt hätte, dann hätte ich ihn gefragt: Haben Sie den Arsch roh oder gekocht am Angelhaken?" Ja, so war Otto. Um eine schlagfertige Antwort war er nie verlegen.

III

Nachdem der Leichenzug vorüber gezogen war, konnten wir die Straße überqueren und unseren Weg zum Tietz fortsetzen. Die über eine ganze Etage angelegte Spielwarenabteilung des Warenhauses war für Kinder ein wahres Eldorado. Dort hatten wir die Möglichkeit, das schönste Spielzeug zu bewundern. Nur anfassen durften wir die wunderbaren Sachen nicht. Otto und ich waren fasziniert von der großen Eisenbahnanlage, die gerade in Betrieb war. Wie von Geisterhand geführt schlängelten sich Personen- und Güterzüge über Brücken und durch Tunnels. Begeistert waren wir auch von prächtigen Burgen, wo Ritter beim Turnier kämpften und festlich gekleidete Burgfräuleins zuschauten. Bewundernswert waren Soldaten mit Musikzügen, Fahnen und Kanonen sowie Horden von Indianern auf ihren schmucken Mustangs. Baukästen gab es für Holz- und Metallkonstruktionen und vieles, vieles mehr. Schließlich entdeckte Otto ein Kasperletheater und sagte begeistert: „Kasperletheater, das wäre doch das Richtige für uns.

Damit könnten wir den Kleinen eine große Freude machen". „Hast du auch gesehen, was das alles kostet", entgegnete ich. Doch Otto war beharrlich. „Und wenn schon", argumentierte er: „Wir brauchen nur das Geld für die Figuren. Alles andere, wie die Kulissen und die Bühne, mache ich selbst. Du müsstest schöne Stücke schreiben". „Daran soll es nicht scheitern", erwiderte ich. „Im Gegenteil, wenn wir Figuren hätten, könnten wir sofort loslegen. Wir brauchen Prinz, Prinzessin, Schutzmann, Räuber, Kasperle. Aber rechne mal wie lange wir sparen müssen, bis wir das Geld dafür beisammen haben". Doch Otto blieb stur: „Vielleicht bekomme ich einen Vorschuss von Tante Sophie. Wie heißt deine Geschichte überhaupt? „Sie heißt: »Prinzessin Margarete und der Räuber Isidor«. Sie spielt am Rhein zwischen Mäuseturm und der Burg Ehrenstein". „Das hört sich ja gut an. Aber vergiss nicht, dass der Kasperle viel prügeln muss, damit wir die Kinder zum Toben bringen".

Ja, mit Prügeln war nicht nur Kasperle schnell bei der Hand. In der Schule bestraften die Lehrer faule und ungezogene Schüler mit dem Rohrstock. In manchen Familien setzte es Hiebe und Ohrfeigen, wenn die Sprösslinge nicht spurten. Da wurde nicht lange gefackelt. So erhielt auch Rudi eine gehörige Tracht Prügel von seiner Mutter. Sein Vergehen: Er hatte von der für seinen kleinen Bruder bestimmten Milch getrunken. Und das kam so. Rudi musste Tag für Tag bei seiner

Großmutter frische Ziegenmilch holen. An diesem Tage kam er zu mir und fragte: „Kannst du nicht mitkommen? Der eintönige Weg nach Graurheindorf hängt mir zum Halse heraus. Ich zeige dir auch die sieben Inselchen". Eigentlich war es mir gar nicht recht, denn ich wollte meine Schulaufgaben zu Ende bringen. „Wir nehmen aber die Fahrräder", sagte ich. „Nein, ich muss es zu Fuß machen. Das Fahrrad hat heute mein Vater", erwiderte er. Also rannten wir zu Fuß auf dem Treidelpfad am Ufer entlang. Alsbald hatten wir Omas Häuschen erreicht und Rudi sagte: „Da unten sind die Inselchen. Geh schon mal runter. Ich hole die Milch und komme dann auch dorthin". Er ging in das Häuschen, in dem seine Großmutter wohnte und nebenan im Stall zwei Ziegen lebten.

Ich kletterte derweil hinunter zum Fluss und sah, dass die Inseln keine Sandbänke, sondern winzige, mit Gras bewachsene Holme waren, von denen ich den nächstliegenden durch kniehohes Wasser watend erreichte. Ich betrat das ‚Eiland', auf dem ich Türmchen und Mäuerchen aus Rheinkieseln vorfand, die sicher von Kindern stammten, die hier gespielt hatten. Zu den anderen Inseln hätte ich hinüber schwimmen müssen. Doch die Frage ergab sich nicht, denn Rudi kam schon zurück mit der Milch. Nichts hätte uns gehindert, sofort den Rückweg anzutreten. Doch Rudi stellte die Milchkanne am Ufer ab und kam herunter zu mir. „Bist du schon alle Inseln durch?", fragte er. „Natürlich nicht, du Scherzbold", erwiderte ich. „Dann hätte ich dorthin schwimmen müssen". Darauf Rudi: „Wer sagt denn was von Schwimmen. Komm' hinter mir her!" Er schritt voran und ich folgte ihm durch eine Furt bis zu dem am entferntest gelegenen Holm hinterher. „Da, schau! Hier schwärmt es nur so von Fischen", sagte er. Tatsächlich! Über dem Grund des klaren Wassers wimmelte es von Stichlingen. Wir setzten uns an den Rand des Holms, ließen unsere nackten Beine im Wasser baumeln und beobachteten die munteren Fischlein.

Die Zeit war schnell vergangen und aufgeschreckt sagte Rudi: „Mensch, wir müssen heim. Ich muss die Milch abliefern. Wir können ja morgen wiederkommen". So wateten wir durch die Furt zurück ans Ufer. Dort nahm er die abgestellte Milchkanne und stöhnte: „Mensch, habe ich einen Hunger!" Und um diesen zu stillen, nahm er einen kräftigen Schluck aus der Kanne und fragte mich: „Willst du auch mal?" „Um alles in der Welt nicht", entgegnete ich. Ich war nicht hungrig, und überhaupt, Ziegenmilch war nicht mein Ding. Noch keine Viertelstunde war vergangen, da nahm Rudi die Kanne nochmals zur Brust. Die Milch schien ihm gut zu schmecken, denn er trank mehr als nur einen Schluck. Danach warf er einen Blick in das Gefäß und sagte ängstlich: „Oh je. Das wird meine Mutter merken". Und sie hat es gemerkt, denn als er heim kam und die

Milch ablieferte, gab's Ärger. Armer Rudi – der Lärm von drinnen drang bis zu mir auf die Straße. Klar, dass Rudi an diesem Tag nicht mehr zum Spielen auf die Straße kam.

Nach dem Mittagessen widmete ich mich den aufgeschobenen Schulaufgaben. Ich lernte Latein, die erste Fremdsprache, mit der ich Bekanntschaft machte, und ich war recht gut in diesem Fach. Wenn meine Mutter von Verwandten und Freunden gefragt wurde, warum der Heinz denn ausgerechnet Latein lernen muss, dann kam stets eine etwas vage Antwort: „Na ja, vielleicht kann er Pfarrer werden. Pfarrer sind doch wichtige und angesehene Leute". Als Elfjähriger hatte ich mir über meinen künftigen Beruf überhaupt noch keine Gedanken gemacht. Für mich lagen derartige Überlegungen noch in himmelweiter Ferne. Neben Latein lernte ich neuerdings auch Englisch, und zwar nicht auf dem Gymnasium, sondern im Selbstunterricht. Was mich dazu bewogen hatte, diese Fremdsprache außerhalb der Schule zu lernen, war reiner Zufall. Ich entdeckte das Lehrwerk „Der kleine Toussaint Langenscheidt" im Bücherregal meines Vaters, der es wohl für sich irgendwann gekauft hatte. Nun fand auch ich Gefallen daran und vertiefte mich in die erste Lektion, die recht interessant war, denn sie begann mit dem Text: „A great many English words are of German origin". Die gesamte erste Lektion umfasste tatsächlich eine Vielzahl von

Wörtern deutscher Abstammung. Doch seltsam erschien es mir, dass Englisch im Vergleich zu Latein und Deutsch völlig anders gesprochen als geschrieben wird. Aber die Lautschrift des Lehrwerks machte es möglich, jedes englische Wort leicht nachvollziehbar auszusprechen. Und überhaupt, hätte ich Schwierigkeiten mit der Aussprache gehabt, dann wäre die Freundin meiner Mutter bereit gewesen, mir zu helfen. Sie war es schließlich auch, die mich bei meinem Vorhaben immer wieder bestärkte: „Ja, lerne fleißig Englisch", sagte sie. „Mit Englisch kannst du dich überall in der Welt verständigen". Sie musste es ja wissen, denn als Opernsängerin war sie weit in der Welt herumgekommen.

Doch mit der Aussprache hatte ich von Anfang an keine Probleme. Jedes englische Wort und jeden englischen Satz des Lehrwerks sprach ich der Lautschrift entsprechend laut hörbar aus. Einmal kam Otto zu mir ins Zimmer, als ich laut lesend den Text einer Lektion übte. Er hatte davon Brocken aufgeschnappt, die ihn sichtlich amüsierten: „Ha, ha, ha! Was sagst du da: Das soll Englisch sein. Da lachen ja die Hühner, ha, ha, ha", kicherte er. „Was ist da so spaßig dran?", fragte ich. „Dress, das heißt auf Deutsch Kleidung und dress and fashion heißt Kleidung und Mode", erklärte ich ihm. Doch er blieb bei seiner eigenen Version und verließ höchst amüsiert das Zimmer. Ja, bei dem Wort Dress denken manche Rheinländer oft an etwas ganz anderes als an Kleidung.

23

IV

Ich nutzte jede Gelegenheit, auch mit Mutters Freundin, Englisch zu sprechen, und bereits nach einigen Monaten hatte ich mir einen kleinen, englischen Wortschatz angeeignet. Der Zufall wollte es abermals, dass ich einen Engländer kennenlernte. Diesen jungen Mann hatten die beiden Studenten Clemens und Peter, die bei uns ihre Paddelboote untergestellt hatten, zu uns ins Haus mitgebracht. Clemens und Peter wussten, dass ich Englisch lerne, und sie stellten mich ihrem englischen Kommilitonen als Schüler mit englischen Sprachkenntnissen vor. Der Engländer ging also davon aus, dass ich seine Muttersprache gut beherrsche. Doch ich musste ihn enttäuschen, denn die mir gestellten Fragen, konnte ich erst nach mehrmaligem Wiederholen verstehen, und meine Antworten darauf, waren ein furchtbares Gestotter. Ich musste einsehen, auch die englische Sprache – und mag sie noch so viele deutschstämmige Wörter enthalten – konnte ich nicht so im Handumdrehen lernen. Doch durch diese Schlappe ließ ich mich nicht entmutigen, sondern lernte meine Lektionen „jetzt grad extra" oft und sehr gründlich. Ja, „jetzt grad extra!" Das sollen ja auch die Hausfrauen im Ruhrgebiet sagen, wenn sie ihre frisch gewaschene Wäsche zum Trocknen auf die Leine gehängt hatten, die dann vom Kohlenstaub der umliegenden Zechen verschmutzt wurde. Dann haben die Frauen sie ‚grad extra' nochmals gewaschen.

In der folgenden Woche begegnete ich dem freundlichen Engländer nochmals beim Bootshaus. Auch bei diesem Treffen nahm er meine schüchternen Sprechversuche geduldig in Kauf und gab mir ermutigende Ratschläge. Ich erzählte ihm, dass ich jetzt täglich Englisch übe, wozu er meinte: „You've got the gift of the gap. Keep on the ball". Und ich blieb eifrig am Ball.

Was wir Bootshaus nannten, waren drei große Räume von Großvaters ehemaliger Schreinerwerkstatt, die mein Vater zum Unterstellen von Paddelbooten hergerichtet hatte. In manchen Jahren standen dort neben unserem eigenen Zweier-Kajak bis zu dreißig Boote. Für mich war es immer interessant, den Sportlern bei den Vorbereitungen für ihre Touren auf dem Rhein zuzuschauen. Manchmal machte ich mich auch nützlich und half ihnen beim Transport von Paddeln, Taschen oder anderen Gegenständen hinunter zum Ufer. Dabei lernte ich manches über das Paddeln, zum Beispiel auch, dass ein Paddel versetzt zusammengesteckt werden soll.

Der Rhein war nur ein Steinwurf von unserem Haus entfernt. Um an den Strand zu gelangen, musste man bloß eine schmale Straße überqueren, auf der ganz selten Fuhrwerke und Kraftfahrzeuge verkehrten. Eine steinerne Treppe führte hinunter zur Rampe einer

gepflasterten Werftanlage. Ein besonderer Steg zum
Ab- und Anlegen der Boote war nicht vorhanden und
ein solcher wurde auch nicht gebraucht. Man konnte
die Boote von der Rampe aus direkt ins Wasser setzen,
und dank des Gefälles zum Fluss, blieb diese natürliche
Anlegestelle auch bei Hoch- und Niedrigwasser stets
benutzbar.

Und noch etwas gab's am Schänzchen. Zwischen
der Rampe und einer nahegelegenen Buhne hatte sich
ein Sandstrand gebildet, der für Groß und Klein ein
wahres Spielparadies war. Dort im Buhnenfeld herrschte
keine Strömung, sondern seichtes Wasser in dem auch
Kleinkinder gefahrlos plantschen konnten. Ich selbst
lernte dort als Vierjähriger das Schwimmen. Begonnen
hatte ich damit, in der Hocke bis zum Hals im Wasser
herumzutippeln, und dabei wie beim Brustschwimmen
mit beiden Armen zu rudern. Nach und nach hatte ich
gelernt, mich nur auf einem Bein stehend fortzubewe-
gen. Als ich schließlich das Gefühl hatte, mich gänzlich
ohne Bodenkontakt über Wasser halten zu können, da
konnte ich schwimmen.

Natürlich musste ich dem fließenden Gewässer
fern bleiben, denn dorthin, außerhalb des Buhnenfel-
des, lauerte Gefahr. Dorthin konnten sich nur geübte

Schwimmer wagen. Wer als Nichtschwimmer in die reißende Strömung geriet, wurde von ihr fortgerissen und hatte dann keine Chance mehr, ohne fremde Hilfe herauszukommen. Unser Spielfreund Wolfgang, der sich bei seinen ersten freien Schwimmversuchen hinausgewagt hatte, konnte von Glück reden, dass ein guter Schwimmer in der Nähe war, der ihn vorm Ertrinken rettete. Für Hänschen dagegen kam jede Hilfe zu spät. Ihn hatte die Kraft der Strömung fortgerissen, als er an der äußeren Werftmauer mit einem Blechtopf Wasser aus dem Fluss schöpfte. Weit abgetrieben erschien er ein einziges Mal an der Wasseroberfläche, doch dann wurde er nicht mehr gesehen. Alle Tauchversuche erfahrener Schwimmer blieben erfolglos. Seine Leiche wurde zwei Tage später in der Nähe von Düsseldorf geborgen.

V

An diesem Sonntag waren Jack, der Engländer und die beiden Studenten Clemens und Peter abermals zum Bootshaus gekommen. Sie hatten die Absicht, wie Clemens sagte, eine Paddeltour auf Rhein und Sieg zu machen. Sie holten ihre Boote aus dem Schuppen, einen Einer-Kajak und einen Faltbootzweier, stellten diese zunächst im Hof bereit, um sie später hinunter zur Anlegestelle zu tragen. Die drei Wassersportler waren gut aufgelegt, um nicht zu sagen, etwas übermütig. Dann trugen Jack und Clemens zuerst das Faltboot hinunter zur Rampe, und ich schnappte mir das lose dabei liegende Ruder und trug es den beiden hinterher. Und während Clemens zum Schuppen zurückging, um Peter beim Heruntertragen des Kajaks zu helfen, blieb ich allein bei Jack zurück. Jetzt hatte ich die Gelegenheit, mit ihm abermals einige englische Sätze auszutauschen. Ich erzählte ihm, dass ich mit der Freundin meiner Mutter Englisch übe, wozu er meinte: „The lady must certainly be an excellent teacher considering your pronunciation". Das hörte sich fast wie ein Kompliment an.

Draußen im Fluss, nicht weit vom Ufer entfernt, dampfte mit laut tönender Musik ein Köln-Düsseldorfer vorbei, die »Filia Reni«. Viele Passagiere der ‚Tochter des Rheins' standen auf dem Sonnendeck und winkten im Takt der Musik lebhaft zu uns hinüber. Jack, sichtlich angeregt von der fröhlichen Stimmung an Bord des Dampfers, sang die gespielte Melodie von der Rosamunde aus voller Kehle mit, aber in Englisch: „Roll on the barrel . . .". Dazu nahm er das am Boden liegende Doppelpaddel und tanzte damit im Kreise herum. Das sah vielleicht komisch aus. Als Clemens und Peter mit dem Einer-Kajak eintrafen, sagte Jack: „He, Pete. What about a sip of our lager. German beer is best in the morning". Peters Antwort darauf: „Kommt überhaupt nicht in Frage. Warte bis wir an der Sieg sind. Vorher rücke ich den pitcher nicht raus". Jack tat so, als würde er sich ärgern und fluchte: „Oh, you blinking killjoy!" Dann unterhielten sich die drei jungen Männer darüber, auf welche Weise sie die Zeit an diesem Sonntag verbringen wollten. Die Sieg, der kleine Nebenfluss des Rheins, ist unter Wassersportlern ein beliebtes Ausflugsziel. Es herrscht dort kein Schiffsverkehr, und es gibt wunderschöne Plätze zum Ballspielen und zum Ausruhen. Und außerdem ist das Wasser des Flüsschens glasklar. Es machte Freude, darin zu schwimmen.

Während die Studenten ihre Boote flott machten, schaute ich ihnen interessiert zu. Sie unterhielten sich manchmal auch in Englisch, wobei ich hin und wieder einige Sprachbrocken aufschnappen konnte, deren Sinn ich mir allerdings zusammenreimen musste. Doch dann wurde ich durch lautes Geplapper abgelenkt. Beim nahegelegenen Alten Kran standen Leute, die gestikulierend zum Fluss hinaus schauten, was mich neugierig machte. Ich schaute ebenfalls dorthin und sah ein gekentertes, kieloben treibendes Paddelboot. Dahinter schwamm eine einzelne Person, die sich abstrampelte, um an das Unglücksboot dranzukommen. Dass Sportler hin und wieder mit ihren Booten umkippten, war für mich nichts Neues. Das passierte halt am Rhein. Solche Pechvögel waren meistens in der Lage, ihr gekentertes Boot ohne fremde Hilfe ans Ufer zu bringen. Doch hier war der Verunglückte weit vom Ufer entfernt und trieb im Fahrweg der Schiffe. Die Leute, die das Geschehen vom Kran aus beobachtet hatten, kamen jetzt immer näher zu uns heran. Da wurden die mit ihren Booten beschäftigten Studenten hellhörig und wie auf Kommando erhoben sie sich und blickten hinaus zum Fluss. Bestürzt sagte Clemens: „Da ist Hilfe gefragt. Come on, Jack. Let's help!" Die beiden ergriffen den Faltbootzweier, setzten ihn ins Wasser und stiegen blitzschnell hinein. Peter reichte ihnen die Paddel und gab dem Boot noch einen kräftigen Schubs. Mit schnellen Paddelschlägen fuhren sie hinaus zu dem havarierten Boot.

Die neugierigen Leute verfolgten den weiteren Verlauf des Bootsunfalls und erreichten das Ende des Sandstrandes, wo sie die leicht ansteigende Werftmauer zum Leinpfad empor krabbelten. Peter wollte dem Geschehen nicht untätig zusehen und sagte zu mir gewandt, aber mehr zu sich selbst sprechend: „Vielleicht werde auch ich gebraucht". Er lief los, überholte die Leute auf dem Leinpfad und hielt an bei der Klippe. Auch ich sah nun keinen Grund mehr, hier allein zu verweilen, sondern rannte ebenfalls dorthin. Den Einer-Kajak und die anderen Gegenstände der Studenten blieben jetzt unbeaufsichtigt am Ufer liegen.

Ich sah, dass Clemens und Jack das gekenterte Boot erreicht hatten. Sie nahmen das Tempo ihres Kajaks zurück und Jack, der vorne saß, legte sein Paddel auf dem Verdeck des Bootes ab. Dann beugte er sich mit dem Oberkörper weit über Bord, als ob er etwas aufnehmen würde. Natürlich konnte ich nicht sehen, was Jack zu sich heranzog, doch ich vermochte es zu ahnen: Da ist noch eine zweite Person dabei. Durch Jacks Gewichtsverlagerung bekam ihr Boot starke Schlagseite und Clemens hatte große Mühe, es in der Waage zu halten. Erschwerend kam hinzu, dass er sein Paddel jetzt zum Fortbewegen und gleichsam als Ruder benutzen musste. Die Rudereinrichtung, die ich vom Bootshaus zur Anlegestelle gebracht hatte, war dort in der Eile des Aufbruchs liegen geblieben. Hier würde sie jetzt dringend gebraucht.

Am Heck des Faltbootes hatte sich der verunglückte Schwimmer mit einer Hand angeklammert. Das gekenterte Boot war in der schnellen Strömung herrenlos davon getrieben. Auch Jack und Clemens wurden in ihrem Faltboot immer weiter stromabwärts fortgetragen. „Mensch, hoffentlich schaffen sie's noch vor der Klippe", sagte ein Mann aus der Zuschauergruppe, bei der sich inzwischen immer mehr Neugierige eingefunden hatten. Ich wusste, was der Mann meinte, denn die steinerne Klippe konnte für die Paddler gefährlich werden. Manch ein Wassersportler hat damit böse Bekanntschaft gemacht, wenn er der Dammspitze nicht rechtzeitig ausweichen konnte. Das Faltboot trieb aber immer näher zu der Dammspitze hin, obwohl Clemens sich kräftig ins Zeug legte, um genau dies zu verhindern.

Die am Ufer stehenden Leute sahen gebannt hinüber zu Clemens, der sich abmühte, schnell aus der Strömung herauszupaddeln, um ans Ufer zu kommen. Einer der Zuschauer fieberte regelrecht vor Erregung: „Die Klippe, die Klippe. Es wird verdammt eng". Einige Männer waren derweil auf die glitschige Klippe gekrabbelt, wohl in der Annahme, im Falle eines Falles helfen zu können. Eine Welle spülte jetzt Jacks Paddel hinweg, das er auf dem Bootsverdeck abgelegt hatte. Er konnte es natürlich nicht zurückhalten, weil seine Hände anderweitig gebraucht wurden. Dann endlich, schwer keuchend brachte Clemens das Boot aus der schnellen Strömung heraus ins ruhig fließende Gewässer. Mit jedem Paddelschlag kam er näher ans Ufer. Die drohende Gefahr, auf der Dammspitze zu stranden, war gebannt. Schließlich trennten sie nur noch wenige Bootslängen vom sicheren Ufer. Peter und zwei andere Männer stiegen ins seichte Wasser und wateten dem schwer belasteten Kajak entgegen. Jetzt konnte ich sehen, was ich geahnt hatte. Jack hielt mit seinen beiden Händen einen Menschen fest, dessen Kopf auf seinen ausgestreckten Armen ruhte. Bei den Zuschauern, die sich bisher noch lautstark unterhalten hatten, herrschte Totenstille. Peter und die ihm zu Hilfe geeilten Männer nahmen die Person aus Jacks Armen und trugen sie umsichtig ans Ufer. Es war eine Frau, deren langes, schwarzes Haar teilweise ihr bleiches Gesicht verdeckte. Ich hörte wie die Leute sagten, sie sei so schön und noch so jung.

Der Schwimmer am Heck des Bootes hatte nun Boden unter den Füßen bekommen und versuchte, aufrecht zu gehen. Doch wie ein Betrunkener taumelte er hin und her und fiel wiederholt ins Wasser zurück. Er war völlig erschöpft und zitterte am ganzen Körper. Zwei Helfer wateten zu ihm und führten ihn stützend aus dem Fluss über die Werftmauer zum Ufer, wo die junge Frau am Boden lag. „Lassen Sie mich vorbei. Ich bin Arzt", vernahm ich eine forsche Stimme im Hintergrund. Die Menschen machten Platz, wenngleich auch nur zögernd, weil sie aus nächster Nähe sehen wollten, was der Arzt zur Wiederbelebung der Frau unternehmen werde. Mich fasste jemand ruppig an der Schulter und schimpfte: „Watt willst du Köttel he. Verschwinde! He häste nix ze sööke". Ich ging dem Mann schleunigst aus den Füßen. Auf dem Leinpfad erblickte ich Jack, der offensichtlich zurück zum Schänzchen ging. Ich hätte ihn leicht einholen können, doch ich ließ ihn davongehen und folgte erst mit großem Abstand hinterher. Unterwegs überholte mich ein Angler auf seinem Fahrrad, der seinen frischen Fang an der Lenkstange baumeln ließ. Und dann begegnete mir noch unser Schutzmann, der offenbar zu den Verunglückten radelte. Er kannte uns Kinder alle beim Namen und wir grüßten ihn immer respektvoll mit „Guten Tag, Herr Wachtmeister!"

Als ich zum Schänzchen zurückgekommen war, sah ich Jack am Ufer sitzen und zum Fluss hinausblickend. Offenbar in Gedanken vertieft, ließ er trocknen Sand durch seine Finger rieseln. Ich ging nicht runter zu ihm, sondern blieb oben bei der Steintreppe stehen. Von dort aus erblickte ich nun auch Clemens und Peter, die im Faltboot zurückkehrten. Sie hatten das verbliebene Doppelpaddel auseinandergenommen, daraus zwei Stechpaddel gemacht und ruderten wie in einem Kanadier. Um das vom Bootsdeck abgerutschte und fortgetriebene Paddel hatten sie sich offenbar nicht gekümmert. Irgendjemand wird es aus dem Fluss fischen und vielleicht zum Bootsschuppen bringen. Auch das havarierte Boot der geretteten Wassersportler wird wohl irgendwo geborgen werden. Helfer, vorwiegend Arbeitslose, waren immer und überall zur Stelle, um sich ein Zubrot zu verdienen. Ich ging nach Hause, wo ich erfuhr, dass die junge Frau nicht lebend gerettet werden konnte. Diese bittere Nachricht hatte wohl der Angler überbracht, der mich unterwegs auf seinem Fahrrad überholt hatte. Aus meinem Zimmer holte ich mein englisches Lehrbuch und verzog mich damit in den Garten auf meinen Lieblingsplatz hinter der Laube.

Für mich war es nicht das erste Mal, dass ich eine ertrunkene Person zu Gesicht bekommen hatte. Erst vor einem Monat entdeckte ich eine Leiche bei der Rampe, die dort im seichten Wasser dümpelte. Eine hohe Welle spülte den leblosen Körper auf den Strand und mit dem Sog des abfließenden Wassers wurde sie zurück in den Fluss gezogen. Es war eine männliche Leiche, die noch gänzlich bekleidet war, und zwar mit einem hellgrauen Straßenanzug, einem weißen Hemd, einer bunten Krawatte und braunen Halbschuhen. Sie war sicher schon längere Zeit im Rhein umher getrieben, denn Gesicht und Hände hatten eine fahle Färbung. Wo auch immer die Leiche hergekommen sein mochte, ich wunderte mich, dass niemand sie vorher bemerkt hatte: keine Schiffer, keine Angler, keine Wassersportler und keine Spaziergänger. Und nun ist der tote Mann ausgerechnet hier, praktisch vor unserer Haustüre angespült worden. Ich wetzte erregt die Werftmauer hoch und sah auf der anderen Straßenseite zwei Männer, denen ich aus Leibeskräften zurief: „Da unten liegt ein toter Mann im Rhein!" Die Männer hatten meinen Ruf vernommen, schauten sich gegenseitig verdutzt an und liefen dann hinunter zum Strand. Ich ging heim und informierte meine Mutter, die sagte: „Bleib hier. Gleich wird die Polizei sich darum kümmern". Diese Begebenheit liegt einen Monat zurück und immer noch sehe ich den toten Mann vor meinem inneren Auge im Wasser dümpeln.

VI

Auf meine englische Lektion konnte ich mich nicht konzentrieren und legte das Buch beiseite. Meine Gedanken schweiften immer wieder zu der ertrunkenen jungen Frau. Da kam Alex, der älteste von uns Jungs, den meine Mutter zu mir geschickt hatte. Von mir als Zeuge wollte er alles über das traurige Geschehen von vorhin erfahren, um darüber eine Zeitungsnotiz zu schreiben, denn Alex schrieb nach der Schule Berichte für die örtliche Tageszeitung, womit er sein Taschengeld aufbesserte. Ich erzählte ihm alles, was ich bei der Rettungsaktion erlebt hatte. Dass die beiden Studenten, die bei ihren Vorbereitungen für eine Paddeltour auf der Sieg waren, die brenzlige Situation erkannten und Hals über Kopf in ihr Faltboot stürzten, um den Havaristen zu helfen. Dass sie schnellstens zum gekenterten Boot paddelten und die Verunglückten nach einer mühsamen Aktion ans Ufer brachten. Ein Arzt aus dem nahen Männerasyl habe sich dann um die beiden Verunglückten gekümmert. Alex brachte das von mir Gesagte zu Papier. Dennoch fragte er mir Löcher in den Bauch, um möglichst kein einziges Detail zu verpassen. Schnell wie er gekommen war, verschwand er auch, um noch andere Zeugen des Unglücks zu befragen.

Alex verfasste lesenswerte Berichte für die Tageszeitung. An einige kann mich noch gut erinnern. So schrieb er folgendes über das leichtsinnige Verhalten von Kindern, die ihre Kleidungsstücke direkt beim Fluss ablegten. Der Anlass waren Fritzchens neue Schuhe, die von einer weit über das Ufer geschwappten Welle erfasst wurden und im Sog des zurückfließenden Wassers auf Nimmerwiedersehen verschwanden. Ohne Schuhe musste der arme Teufel nach Hause trotten. Was sich zu Hause bei Fritzchen abgespielt hatte, darüber wurde allerdings Stillschweigen bewahrt. Jedenfalls, die Moral von der Geschichte: Kleidungsstücke sollten weit weg vom Ufer abgelegt werden.

Ein anderes Mal berichtete Alex über zwei mutige Männer, die beim Hochwasser einen frei im Fluss treibenden Landesteg ans Ufer gezerrt hatten. Der Steg wurde von der gewaltigen Kraft der Strömung aus seiner Verankerung gerissen und trieb schnell davon. Da er nur wenig aus dem Wasser herausragte, also kaum sichtbar war, hätte er für die Schifffahrt zu einer Gefahr werden können. Die Schwimmer hatten dies erkannt, sprangen beherzt in die Fluten und brachten den Landesteg unter großen Anstrengungen ans Ufer.

Einmal war eine Rangelei unter Jungs für Alex ein Anlass, darüber zu berichten. Die Sache verlief so: Einer der streitenden Jungs hatte dem anderen Streithahn ein blaues Auge verpasst, der daraufhin jammernd nach Hause lief, um seinem Vater sein Leid zu klagen. Schnurstracks rannte der Vater hinaus zu dem bösen Buben und zog ihm die Ohren lang, dass dieser vor Schmerz heulte. Dessen Vater sah sich nun veranlasst, seinem gepeinigten Sohn beizustehen. Er eilte herbei, fackelte nicht lange, ergriff den Peiniger bei seinem Haarschopf und rüttelte ihn kräftig hin und her. Die Moral von dieser Geschichte: Erwachsene sollten sich bei Reibereien unter Kindern nicht einmischen und keineswegs sich dazu hinreißen lassen, Kinder zu schlagen.

Auch über das böswillig zum Kentern gebrachte Segelboot sollte Alex einen Zeitungsbericht verfassen. Doch ehe Alex von der Untat überhaupt etwas erfahren hatte, informierte Rudi meinen Bruder Otto und mich über das, was er als Augenzeuge erlebt hatte. Otto und ich waren im Begriff, in die Schule zu gehen, als Rudi ziemlich verwirrt zu uns kam und stotterte: „Euer Segelboot ist weg"! „Was soll das heißen: Euer Segelboot ist weg?", fragte Otto. „Sprichst du von Lothars Boot, das am Schänzchen vor Anker liegt? Hat es jemand abgeholt?" „Nein", sagte Rudi. „Zwei Schurken haben es umgekippt". Und dann schilderte er uns ausführlich, was geschehen war. „Zwei ältere Burschen kamen gestern

Abend an den Rhein und gingen nackt ins Wasser. Als sie das Segelboot sahen, sind sie dorthin geschwommen und gleich hineingeklettert. Dann haben sie darin so wild geschaukelt bis es umkippte. Danach schwammen sie ans Ufer, holten ihre Klamotten und liefen davon". „Und das hast du mitangesehen, ohne etwas zu tun?", tadelte Otto ihn. „Mensch, ich hätte mir die Klamotten der Strolche geschnappt und wäre damit weggelaufen. Was glaubst du, wie die gejubelt hätten". „So einfach war das nicht", verteidigte Rudi sich. „Die Strolche waren näher und schneller bei ihren Sachen. Die hätten mich gepackt und in den Rhein gezerrt". „Und warum bist du nicht zu uns gerannt, um Hilfe zu holen? Wir waren doch zu Hause".

Vater hatte unser Gespräch mitgehört und fragte Rudi mit ruhiger Stimme: „Hast du deinem Vater von diesen Vorfall erzählt? Kleinlaut erwiderte Rudi: „Nein, daran habe ich nicht gedacht. Bisher habe ich mit niemandem darüber gesprochen". „Na, gut! Wenn unser Schutzmann hier seine Runde macht, werde ich mit ihm sprechen. Geht jetzt in die Schule". Bei Vater war die Sache in guten Händen, und wir drei eilten beruhigt davon. Unterwegs sagte Otto zu Rudi: „Versprecke mir, dass du nach der Schule direkt zu Alex gehst und ihm die Geschichte erzählst. Er wird darüber einen Artikel für die Zeitung schreiben". „Ja, das verspreche ich", beteuerte Rudi.

Dass Lothars schönes Segelboot durch pure Zerstörungslust zu Bruch gegangen war, ärgerte Otto und mich und peinlich war es obendrein. Als Lothar sein Segelboot am Schänzchen vor Anker legte, war er davon überzeugt, dass es dort sicher aufgehoben sei. Ich musste daran denken, wie er zu Otto und mir vertrauensvoll sagte: „Könnt ihr ab und zu mal einen Blick auf das Boot werfen. Zwar vertraue ich darauf, dass es hier sicher sein wird". Doch dem war leider nicht so. Sein Vertrauen wurde bitterlich erschüttert.

VII

Otto und ich hatten Lothar kennen gelernt, als wir beide am Schänzchen auf unsere Freunde warteten, mit denen wir zum Fußballspielen verabredet waren. Es war eine ungewöhnliche Begegnung, denn wir sahen, wie ein einzelnen Mann, also Lothar, ein Segelboot auf einem Karren über die holprigen Pflastersteine der Werftanlage beförderte. Er hatte das Gefälle hinunter zum Fluss offenbar unterschätzt, denn der Karren kam stark ins Rollen. Schnell sprangen Otto und ich hinzu. Gemeinsam gelang es uns dreien, das Gefährt mit dem Einsatz aller unserer Kräfte anzuhalten. „Das habt ihr gut gemacht", lobte uns der junge Mann. „Ich habe mich verschätzt. Vielen Dank". Wir fragten ihn, ob wir auch beim Wassern des Bootes helfen sollen. „Euer Angebot nehme ich dankbar an. Ich wollte die Jolle hier vor Anker legen. Aber wenn ihr Lust habt, mache ich vorher noch einen kleinen Törn mit euch". Wir beide hatten Lust, einmal in einem Segelboot mitzufahren, und Zeit hatten wir außerdem, denn unsere Freunde würden ohne uns nicht davonlaufen. So nahmen wir die Einladung des jungen Mannes freudig an.

Nachdem wir das Boot mit vereinten Kräften ins Wasser bugsiert hatten, schauten wir aufmerksam zu, wie der Sportsegler es für den angebotenen Törn fahrbereit machte. Zuerst richtete er den Mast in die Höhe, löste die angebundene Segelleinwand von der Querstange, setzte das Ruder ein und hantierte noch mit anderen Gegenständen im Boot herum. Zum Schluss montierte er einen kleinen Außenbordmotor ans Heck und sagte vergnügt: „So, jetzt kann's losgehen. Kommt an Bord". Wir machten uns gegenseitig bekannt. Lothar wollte unser Kapitän genannt werden. Wir belegten die uns zugewiesenen Plätze im Boot und vertrauten auf Lothars Können. Er setzte den Motor in Gang, und wir fuhren aus der Bucht hinaus stromaufwärts bis zur Anlegestelle der Wasserschutzpolizei. Dort stellte Lothar den Motor ab, zog das Segel mit einer Leine bis zur Mastspitze hoch, brachte es in Position und der Wind blähte es sofort auf. Mit der Kraft des Windes kamen wir jetzt schneller voran als per Motorkraft. Wir segelten unter der Rheinbrücke hindurch und an den Landungsbrücken der Personenschiffe vorbei. Und als wir auch die schwimmenden Badeanstalten unterhalb des Alten Zolls hinter uns gelassen hatten, sagte Lothar: „Die Art wie wir segeln nennt man ‚Vor dem Wind' segeln. Es gibt aber noch andere Möglichkeiten, die Kraft des Windes zu nutzen, zum Beispiel ‚Am Wind' oder ‚Hart am Wind' zu segeln. Das ist natürlich sportlicher, und das Boot bekommt dann erst richtig Fahrt. Bei der Zweiten Fährgasse werde ich wenden. Wenn ich ‚Ree' rufe, dann duckt euch tief hinunter, weil dann Segel und Rahe zur anderen Seite schwenken". Wir setzten uns auf den Boden des Bootes und beim Ruf ‚Ree' beugten wir uns, wie geheißen, tief hinunter. Während die Rahe über meinen Kopf zur anderen Bootsseite hinweg sauste, gab es einen kräftigen Ruck, der mich an die Bootswand drückte. Sofort blähte der Wind das Segel wieder auf, und wir segelten weiter zur Flussmitte. Dort machte Lothar abermals eine Wende und diesmal ging's in Richtung Ufer. Mit zwei weiteren Wendemanövern gelangten wir schließlich wieder zurück in die Bucht am Schänzchen.

Das war also die kurze Törn wie Lothar die Segelfahrt genannt hatte. Nicht schlecht, dachte ich, und Otto sagte sichtlich begeistert: „Segeln werde ich auch lernen. Das ist ja viel interessanter als Paddeln". Lothars Meinung dazu: „Jede Sportart hat ihren Reiz. Das Segeln auf dem Rhein, in einem schnellfließenden Fluss, ist schwieriger als auf einem ruhigen See. Hier muss man außerdem den Schiffsverkehr stets im Auge halten. Ihr habt ja den auf uns zukommenden Schleppdampfer bestaunt, dem ich ausweichen musste. Brenzligen Situationen gehe ich aus dem Wege". Gut, dachte ich, dass der Kapitän ein solch vorsichtiger Mann ist. Wir bedankten uns fürs Mitnehmen. Nun war es auch an der Zeit, uns von ihm zu verabschieden, denn am Ufer warteten schon unsere Freunde, mit denen wir verabredet waren.

Diese staunten nicht schlecht, als Otto und ich in einem Segelboot eintrafen. „Wir haben uns schon gewundert, wo ihr bleibt. Wir wollten doch zur Gronau", sagte Reinold. „Nur keine Panik", erwiderte Otto. „Wir können gleich losfahren". Nachdem wir unsere Freunde, Alfred, Rudi, Reinold und Wolfgang mit Lothar bekanntgemacht hatten, wollten wir uns von ihm verabschieden, doch Lothar hatte noch etwas auf der Zunge und fragte verlegen: „Könnt ihr ab und zu mal einen Blick auf das Boot werfen. Zwar vertraue ich darauf, dass es hier am Schänzchen sicher sein wird. Und noch etwas: morgen Mittag segele ich nach Oberkassel. Wollt ihr zwei mitkommen?", fragte er Otto. Nach Oberkassel geht's deshalb, weil ich auf den Finkenberg gehen will. Dort sollen Pflanzen wachsen, über die ich meine Semesterarbeit schreibe. Ich studiere Botanik". Das war ein Ding. Otto und ich werden nochmals zu einem Törn eingeladen. Wir schauten uns an und im Gleichklang sagten wir. „Ja, wenn unsere Eltern es erlauben, sind wir gern dabei".

Otto und ich mussten die Geduld unserer Freunde nochmals in Anspruch nehmen und boten Lothar an, den Außenbordmotor und den Bootswagen bei uns zu Hause unterzustellen. Das werde ihm die Mühe ersparen, diese Sachen morgen erneut herbeizuschleppen. Er war erfreut über unser Angebot und sagte: „Den Motor werde ich gern bei euch abstellen, aber den Wagen muss ich meinem Kommilitonen heute noch zurückbringen. Den habe ich mir von ihm geliehen". So gingen wir gemeinsam mit Motor und Bootswagen in den Hof unseres Hauses, wo wir Vater antrafen, dem sich Lothar vorstellte. Otto und ich erzählten Vater von dem Segeltörn und baten um seine Erlaubnis, mit ihm morgen nach Oberkassel zu segeln. Er war einverstanden und erlaubte auch die Unterstellung des Motors im Bootsschuppen. Danach zog Lothar mit dem geliehenen Bootswagen davon, und wir Jungs radelten zur Gronau, um uns dort beim Fußballspielen zu vergnügen.

VIII

Als Lothar tags darauf zu der vorgesehenen Segeltour bei uns im Hof erschien, hatte er schon das Boot zum Auslaufen fertiggemacht. Otto und ich brauchten nur noch den Motor aus dem Schuppen zu holen und hinunter zum Fluss zu tragen. Und während Lothar ihn am Heck montierte, konnten wir beide an Bord klettern. Per Motorkraft fuhren wir, genau wie gestern, auf unserer Rheinseite stromaufwärts bis zur Brücke. Von dort aus schipperten wir über den Fluss zur Beueler Rheinseite. Drüben angekommen stellte Lothar den Motor ab und sagte: „Den brauchen wir nicht mehr. Der Wind steht günstig. Wir können gemächlich ‚Vorm Wind' segeln". Und während er dies sagte, zog er das Segel am Mast hoch, der Wind blähte es auf und trieb das Boot voran. Otto und ich schauten unserem Kapitän genau auf die Finger, um alle seine Handgriffe kennenzulernen. Dann sagte er: „Vorne unter dem Vordeck liegt eine Fock". Da ich vorne saß, fühlte ich mich angesprochen und unterbrach ihn. „Eine was liegt hier?" Darauf Lothars Erklärung: „Die Fock, das ist das Vorsegel, das vor deinen Füßen liegt. Wenn wir beide Segel benutzen, bekommen wir noch mehr Fahrt. Wenn ihr wollt, zeige ich euch, wie die beiden Segel, also das Großsegel und die Fock, bedient werden". Wie vornehm, dachte ich. Segel müssen also bedient werden.

Natürlich wollten Otto und ich über die Praxis des Segelns möglichst viel kennenlernen, und Lothar nahm uns in die Pflicht: „Komm' Otto, setze dich zu mir auf die Ruderbank und nimm die Pinne in die linke Hand; die andere brauchst du für die Großschot". Otto hatte nun die Führung des Bootes übernommen und steuerte es weiter am Beueler Ufer entlang. Lothar blieb noch eine Weile bei ihm sitzen. Dann stand er auf, bugsierte sich zu mir hin und ließ sich die Fock reichen. Diese befestigte er an einer Haltevorrichtung und zog sie hoch. Nun bekam auch ich eine Aufgabe: „Hier, nimm die Fockschot und zieh sie straff an dich heran". Sofort spürte ich in meiner Hand, dass die Leine sich spannte und der Wind die Fock aufblähte. „Das funktioniert alles prima. Wir segeln in der Schmetterlingsstellung", erklärte Lothar uns freudestrahlend.

Die Hauptarbeit besorgte nun der Wind, so dass ich ganz entspannt umherschauen konnte. Mir fiel auf, dass die Strömung auf dieser Rheinseite bei weitem nicht so stark war wie auf unserer. Wir segelten zügig am Beueler Ufer entlang und mussten nirgendwo aus-weichen, weder vor Anglern noch vor herausragenden Buhnen. Nach längerer Fahrt näherten wir uns einer kleinen Bucht und Lothar ließ uns wissen: „Jungs, wir sind am Ziel". Er übernahm Großsegel und Pinne von Otto und gab uns beiden neue Anweisungen: „Knotet die Schoten los! Wir nehmen den Wind aus den Segeln. Wir fahren mit killenden Segeln in die Bucht". Das Boot hatte noch genügend Fahrt, um langsam in die Bucht hinein zu gleiten. Dann folgten schon die nächsten Anweisungen: „Du, Otto, werfe den Anker raus! Heinz, du holst die Fock ein! Das Großsegel bleibt". Er selbst holte unter seinem Sitz eine zusammengewickelte Leine mit spitzen Zacken hervor. Es war eine Wurfleine wie Fischer solche benutzen, um einen draußen vor Anker liegenden Nachen ans Ufer zu ziehen. Auf diese Weise können sie trockenen Fußes ein- und aussteigen. Doch wir gingen nicht mit trockenen Füßen an Land, sondern holten uns nasse Hosen. Otto stieg als Erster aus dem Boot und zog es mit der am Bug befestigten Leine näher ans Land. Ich folgte mit der Wurfleine, die mir Lothar überreicht hatte. Als Letzter verließ unser Kapitän das Boot, ausgerüstet mit einer über seiner Schulter hängenden Tragetasche und einer Botanisiertrommel.

An Land sagte Lothar auf seine Ausrüstung zeigend: „Ich hoffe, dass ich oben auf dem Hügel das finden werde, was ich brauche". Ich fragte ihn, ob Botanik ein schwieriges Fachgebiet sei, woraufhin er meinte: „Nun ja, sicher nicht schwieriger als andere Gebiete der Naturwissenschaft. Das glaube ich jedenfalls. Was ich aber unbedingt eifriger betreiben müsse, ist das Lernen der lateinischen Pflanzennamen. Jede Pflanze hat nämlich einen lateinischen Namen". Er bückte sich zum Boden und wies mit dem Zeigefinger auf einen saftigen Löwenzahn. „Diese Pflanze hier, die kennt ihr doch ganz gewiss", stellte er fest. „Ja, das ist Löwenzahn", antwortete Otto. „Die heißt auch Kettensalat", warf ich ein. „Richtig", sagte Lothar. „Sie heißt Löwenzahn, Kettenblume, Kuhblume, Milchblume und so weiter und so weiter. Der botanische Namen dafür lautet: Taraxacum officinale. Dem schwedischen Wissenschaftler Linné ist es zu verdanken, dass es ein Ordnungssystem für Pflanzen gibt. Alle Pflanzen haben lateinische Namen, die es Botanikern ermöglichen, sich weltweit klar untereinander zu verständigen". Daraufhin verriet Otto, dass ich Latein lerne, was Lothar veranlasste, mich zu fragen: „Oh, vielleicht kannst du mir beim Abhören der lateinischen Namen behilflich sein?".Dagegen hatte ich natürlich nichts einzuwenden. Im Gegenteil, ich glaubte, dabei meinen lateinischen Wortschatz auf angenehme Art erweitern zu können.

Nach dieser Lektion in der Botanik kraxelte Lothar mit seinen Utensilien die kleine Anhöhe hinauf. Und während er sich dem Studium der Pflanzenwelt widmete, beschäftigten wir beide uns mit dem Segelboot, bei dem es noch so manches zu entdecken gab. Otto machte den Vorschlag, mit der Wurfleine zu beginnen. Wir schubsten das Boot hinaus bis zu jener Stelle, wo der Anker lag und vom Ufer aus übten wir das Werfen mit der Wurfleine. Den ersten Wurf probierte Otto, der daneben ging. Auch mein Wurf verfehlte sein Ziel. Wir wechselten uns nun beim Werfen ab, wobei Vorsicht geboten war, um den Bootskörper nicht zu beschädigen. Der Dreizack musste unbedingt im Innern des Bootes landen. Und Übung macht den Meister, wie es im Sprichwort heißt. Bald hatten wir den Bogen raus und jeder Wurf war ein Treffer. Otto zog das Boot mit der Wurfleine an Land, wickelte sie auf und stieg an Bord. Ich schubse die Jolle vom Ufer ab und kletterte ebenfalls hinein.

Jetzt waren wir ohne unseren Kapitän im Boot. Alles, was wir bisher übers Segeln gelernt hatten, riefen wir uns ins Gedächtnis zurück. Wörter wie Mast, Rahe, Großsegel, Großschot, Vorsegel, Fockschot, Pinne, Schwert, Schwertkasten, das alles waren Dinge zum Anfassen. Aber Namen wie, Verklicker, killendes Segel und Fockniederholer, die Lothar ebenfalls verwendet hatte, waren Begriffe, mit denen ich nichts anzufangen wusste. „Verklicker für was soll das gut sein", fragte ich Otto. Er erwiderte prompt: „Das ist doch einfach. Dieses Teil verklickert dem Segler, in welche Stellung er die Pinne führen muss". „Aha, das ist einleuchtend", gestand ich. „Hast du auch eine Erklärung dafür, warum man ‚killendes Segel' sagt?", fragte ich. „In Englisch heißt to kill töten. Aber das Segel tötet doch niemand". Ottos Antwort: „Das heißt so, weil es dem Segler den Nerv tötet". Ja, Otto war nie verlegen um eine passende Antwort. Er hatte viel Sinn für Humor und seine Witze und seine schlagfertigen Anmerkungen brachten nicht nur mich oft zum Lachen.

Wir hatten uns noch eine Zeitlang mit dem Innenleben des Bootes beschäftigt, als Lothar frohgestimmt von seiner Exkursion zurückkam. Otto schleuderte die Wurfleine ans Ufer; Lothar nahm sie auf und zog das Boot zu sich heran ans Ufer. Und damit unser Kapitän trockenen Fußes an Bord steigen konnte, stieg ich aus und hielt das Boot fest im Griff. Otto nahm von ihm die Botanisiertrommel entgegen, und ich wickelte die Wurfleine auf. Dann versetzte ich dem Boot noch einen kräftigen Stoß und schwang mich hinein. Wieder beim Liegeplatz angekommen, sagte Lothar „Nun geht's heimwärts. Zeigt mal, was ihr bei mir gelernt habt". Otto nahm, wie vorhin, auf der Ruderbank Platz, ich lichtete den Anker und krabbelte nach vorne zum Vorsegel. Doch anders, als bei der Hinfahrt, mussten wir nun „Am Wind" segeln, was ein wiederholtes Wenden erforderte. Dabei wurde die Fock nicht eingesetzt, so dass ich zunächst arbeitslos blieb. Nach einer spannenden Tour erreichten wir schließlich das Schänzchen und ankerten auf dem Liegeplatz neben dem Sandstrand. Mit der Wurfleine zog ich die Jolle ans Ufer. Lothar demontierte den Motor und trug ihn an Land. Dort sprach er Otto ein großes Lob aus, in dem er sagte: „ Bei diesem Törn hast du dir die Sporen eines Sportseglers verdient. Bravo!" Otto freute sich natürlich darüber.

Auf dem Sandstrand herrschte lebhafter Betrieb und auch die Jungs Alfred, Hubert, Rudi, Wolfgang waren dort. Und dann - oh Schreck! Das darf doch nicht wahr sein. Reinolds Kopf ragte da aus aufgeschüttetem Sand heraus. „Was treibt ihr denn für Sachen?", fragte Lothar erstaunt und stellte den Motor auf dem Boden. Alfred erklärte, warum Reinold sich hatte eingraben lassen: „Er wollte am eigenen Leib erfahren, wie es einem Fremdenlegionär ergeht. Wenn ein Legionär etwas Schweres verbrochen hat, dann wird er bis zum Hals im Sand eingegraben und muss in der glühenden Wüstensonne schmachten". Reinold musste natürlich nicht leiden. Alfred befreite seine Arme und Hände vom aufgehäuften Sand. Den Rest besorgte Reinold allein. Er erhob sich, schüttelte sich wie ein nasser Hund und stürzte ins Wasser, um den restlichen Sand abzuwaschen. Hubert und Wolfgang hatten dem Treiben der älteren Jungs verständnislos zugeschaut. Wolfgang sagte zu Hubert: „Das ist nichts für uns. Komm, wir machen weiter". Sie widmeten sich wieder ihrer Sandburg mit Wassergraben und Brücke. Ja, am Schänzchen konnte Groß und Klein vergnügt spielen, besonders an einem Tag wie dem heutigen bei Bilderbuchwetter. Lothar nahm seinen Motor und verabschiedete sich. Zu Otto sagte er: „Das war nicht die letzte Tour, die wir miteinander gemacht haben". Und unseren Freunden versprach er: „Abwechselnd nehme ich auch euch gern einmal mit. Ade, bis bald!". Um den Motor unterzustellen, begleitete ich Lothar noch zum Bootsschuppen.

IX

Acht Tage waren vergangen, als Lothar in den Hof des Elternhauses kam, wo wir Jungs uns versammelt hatten, um mit den Fahrrädern an die Gronau zu radeln. „Heute können wir wieder einen Törn machen", ließ er Otto wissen. „Aber wie ich sehe, läuft hier etwas anderes". Ja, so war es. Wir alle wollten beim Fußballspiel von Ottos Schulklasse dabei sein, um seine Mannschaft anzufeuern. Fußballspielen stand bei uns Jungs hoch im Kurs. Alfred war unser Mentor, die Hauptperson in Sachen Fußball. Er spielte beim Bonner Fußballverein (BFV) in der Jugendmannschaft. Mit uns Jungs machte er hin und wieder auch ein Spielchen auf der Uferstraße, wo kein Autoverkehr herrschte. Zum Spielen brachte Alfred seinen eigenen Lederfußball mit, so dass wir richtig ballern konnten. Von ihm hatten wir die Spielregeln gelernt, auf deren Einhaltung er strikte achtete. Wer unfair spielte, wurde an den Spielfeldrand geschickt und musste eine Zeitlang zuschauen.

Fraglos wären Otto und ich gern mit Lothar zu einer neuen Segeltour gestartet, aber am heutigen Tag forderte König Fußball sein Recht. Im Grunde tat's uns leid, auf die Fahrt zu verzichten. Doch Otto machte den Vorschlag: „Mach' du doch die Tour allein mit Lothar". Er nahm an, mir damit einen Gefallen zu erweisen. Nach anfänglichem Zögern entschloss ich mich dann auch für den Segeltörn. Reinold sagte: „Kommt alle mit zum Rhein, Jungs! So viel Zeit muss sein, um den Seglern Mast- und Schotbruch zu wünschen". Er schnappte sich den Motor, Otto nahm die Wurfleine, und gemeinsam gingen wir zum Liegeplatz der Jolle. Otto landete schon beim ersten Wurf einen Treffer und zog das Boot ans Ufer, Lothar nahm von Reinold den Motor entgegen und montierte ihn am Bootsheck. Und während ich noch dabei war, den Anker zu lichten, heulte der Motor schon auf. Unsere Freunde wünschten uns eine gute Fahrt. Doch dann ein grimmiger Fluch aus Lothars Mund. „Was ist los?", fragte ich, und auch die Jungs am Ufer rätselten, warum Lothar den Motor wieder abgestellt hatte. Dann erfuhren wir den Grund: „Die Schiffsschraube ist weg", klagt Lothar. „Sie war wohl nicht fest arretiert".

Ärgerlich kletterten Lothar und ich wieder aus dem Boot heraus, um sie im Wasser zu suchen. Doch beim bloßen Abschreiten des Bodens wurden wir nicht fündig. Otto wusste einen Ausweg und sagte: „Im Bootshaus liegt eine solche Schraube. Die könnte passen. Ich hole sie. Soviel Zeit haben wir noch". Er rannte ins Bootshaus und kam mit einer Schraube in der Hand zurück. Ganz außer Atem sagte er zu Lothar: „Hier, probiere es damit". Er reichte ihm die Schraube und siehe da, sie passte. Lothar hatte Glück im Unglück und unser Ausflug konnte wie geplant erfolgen. Wir bestiegen wieder die Jolle, aber Lothar hatte seinen Ärger noch nicht überwunden. Alfred beruhigte ihn: „Nach der Schraube werden wir später tauchen. Ein Fisch kann sie ja nicht geschluckt haben". Für die Fußballer drängte nun die Zeit und indem sie uns nochmals gute Winde wünschten, radelten sie mit ‚Horrido' davon. Umgekehrt wünschten wir Otto und seiner Fußballmannschaft ein siegreiches Spiel.

Lothar setzte den Außenbordmotor wieder in Gang und genau wie bei der letzten Fahrt, also unmittelbar vor der Brücke, setzten wir hinüber zur Beueler Seite. Dort stellte er den Motor ab und hievte das Großsegel. „Der Wind kommt von Westen. Wir segeln ‚Am Wind' ohne Fock", stellte er fest. Ich bat Lothar darum, die Führung des Bootes diesmal mir zu überlassen. Ohne einen Moment zu zögern, machte er Platz für mich auf der Ruderbank und reichte mir Großschot und Pinne. Natürlich verlief der Törn diesmal anders, als beim letzten Mal. Diesmal mussten wir, wie schon bei der letzten Rückfahrt, von Luv nach Lee und umgekehrt kreuzen. Lothar ließ mich gewähren und schien zufrieden zu sein mit mir als Bootsführer. Auf halber Strecke ließ er mich wissen, dass er diesmal nicht auf den Finkenberg, sondern auf den Ennert gehen werde, um die dortige Flora zu erkunden. Deshalb müsse er mehr Zeit einplanen. „Es wäre gut", sagte er, „wenn das Boot während meiner Abwesenheit nicht unbeaufsichtigt bliebe". Für mich war das eigentlich selbstverständlich.

Bei der Bucht angekommen, musste ich ‚In den Wind' steuern, schnell die Großschot lockern, damit das Boot noch genügend Fahrt hatte, um möglichst weit in die Bucht gleiten zu können. Die Fahrt reichte allerdings nicht, um bis ans Ufer zu kommen. So musste das letzte Stück mit der Wurfleine überbrückt werden. Lothar nahm die Leine und zog die Jolle dicht an Land, so dass er trocknen Fußes zu seiner Exkursion starten konnte. „Leg die Jolle vor Anker", bat er mich. „Damit sie nicht von einer hohen Welle aufs Land geschleudert werden kann". Nach dieser Anweisung ging er mit seiner Ausrüstung frohen Mutes davon und war sich gewiss, in etwa zwei Stunden zurück zu sein. Damit ich mich nicht langweile, hinterließ er mir sein Botanik-Lehrwerk.

Ein Gebüsch diente mir als Poller, an dem ich die Wurfleine befestigte, dann bestieg ich das Boot und ließ es zum Ankern hinausgleiten. Dann holte ich das Großsegel ein und zog mich an der Leine wieder ans Ufer zurück. Dort, auf halber Höhe des Hügels, machte ich es mir im Gras bequem und blätterte in Lothars Lehrwerk. Aber die Ruhe zum Lesen wurde mir bald genommen. Mit lautem Johlen bekam ich Gesellschaft von vier Jungs, die mit Karacho die Anhöhe hinunter-gerannt kamen. Sie zogen ihre Klamotten aus und warfen sie auf einen Haufen. Dann stürzten sie mit Geröle ins Wasser. Es dauerte nicht lange bis das Segelboot ihr Interesse geweckt hatte. Sie schwammen dorthin und umkreisten es wie Haifische ihre Beute. Doch schließlich schwang sich einer von ihnen ins Boot hinein. Das war ungezogen und irritierte mich. Dem dreisten Beispiel folgten auch die anderen drei. Dann sprang einer nach dem anderen mit Kopfsprung wieder hinaus. Es folgte ein ständiges Hereinklettern und Hinausspringen.

Diesem Treiben konnte ich nicht länger tatenlos zusehen. Aber wie sollte ich vier kräftige Bauernburschen aus dem Boot verscheuchen? Soll ich es auf die höfliche Tour versuchen und sie bitten, das Boot zu verlassen oder soll ich ihnen mit der Polizei drohen? Würden die Kerle, die wohl alle in meinem Alter waren, meine Drohung ernst nehmen oder mich auslachen. Ich stellte mich ans Ufer, um deren Aufmerksamkeit zu wecken. Aber mein Erscheinen blieb ohne jegliche Wirkung. Da zog ich das Boot zu mir heran, um dem Spaß ein Ende zu bereiten. Doch die Kerle blieben im Boot hocken und empfingen mich mit Gegröle. Ich als Spaßverderber war natürlich nicht willkommen und einer von ihnen rief: „Watt wilste he? Me könne dich net gebruche. Hau ab, zieh Leine". Da kam mir eine ungewöhnliche Idee, weil ich glaubte, sie damit einschüchtern zu können: „Ich segle jetzt nach Bonn", sagte ich. „Wollt ihr mitkommen?" Das Angebot verblüffte sie. Das hatten sie nicht erwartet. Doch dann wurde ich von demjenigen, der ‚Zieh Leine' zu mir gesagt hatte, angepöbelt: „Kannst du Penner mit dem Kahn überhaupt umgehen?" „Und ob ich das kann", entgegnete ich. „Ich werde es euch beweisen". Darauf der Wortführer: „Da simme evver jespannt. Loss jonn!"

Vorher musste ich meine abgelegten Sachen holen. Lothars Buch umwickelte ich mit meiner Kniehose und legte diese Sachen unters Vordeck, wo es noch einigermaßen trocken geblieben war. Dann drehte ich das Boot mit dem Heck zur Luvseite, gab ihm einen kräftigen Stoß und schwang mich hinein. Bis jetzt hatten die Burschen mich gewähren lassen und waren lachend in der Jolle sitzengeblieben. Zu fünfen war es natürlich sehr eng darin, und ich forderte sie auf: „Macht mir Platz! Ich muss auf die Ruderbank". Nochmals fragte ich eindringlich: „Ihr wollt also mitkommen?" Der Wortführer ergriff abermals das Wort: „Der will uns verschaukeln. Dat will ich erlebe, wie du sejelst. Dann loss doch jonn!"

Ich lichtete den Anker, hievte das Großsegel und zog die Großschot an. Sofort nahm das Boot Fahrt auf und „Vorm Wind" segelnd erreichten wir schnell das Ende der Bucht. Beim Anblick des weiten Stromes war es ihnen wohl etwas mulmig geworden, denn drei sprangen mit Kopfsprung aus dem Boot. Der vierte jedoch, der Wortführer, blieb stur und harrte aus. „He, halt an. Ich

well net no Bonn. Fahr zoröck!", forderte er mich auf:
„Ich kann nicht gegen den Wind segeln", widersprach
ich. „Wenn du nicht mitkommen willst, dann spring raus.
Jetzt sind wir noch in der Bucht". Er zögerte noch einen
Moment und sprang dann mit einem deftigen Fluch auf
den Lippen aus der Jolle. Die vier Burschen hatte ich los,
aber was wird auf mich zukommen?

Der Wind trieb das Boot hinaus zur Flussmitte, doch
ich wollte nicht zur anderen Rheinseite übersetzen,
sondern möglichst schnell zum Beueler Ufer umkehren.
Deshalb musste ich wenden und dann, genau wie bei
der Hinfahrt, mehrmals kreuzen. Schließlich näherte
ich mich dem Ufer. Jetzt musste ich schnell handeln, um
nicht an die Werftmauer zu prallen. Da ich aber nicht
nochmals hinaus zur Flussmitte segeln wollte, holte
ich geschwind das Segel ein und warf den Anker raus.
Dieser schleifte noch eine Strecke lang über den Grund
bis er endlich Halt gefunden hatte. Das Boot drehte sich
daraufhin mit dem Bug gegen die Strömung. Gott sei
Dank. Das war geschafft. Schnaubend verweilte ich auf
der Ruderbank und gönnte mir eine lange Pause. Was
wäre wohl geschehen, wenn die Kerle nicht freiwillig
aus dem Boot heraus gesprungen wären, und ich hätte
mit vier unerwünschten Fahrgästen irgendwo landen
müssen. Glücklicherweise blieb mir das erspart.

Beim Kreuzen war ich ein weites Stück flussabwärts gesegelt, und die Bucht lag nicht mehr in Sichtweite. Aber dorthin musste ich zurückkehren, denn hier würde Lothar im Traum nicht nach mir suchen. Und zu Fuß zur Bucht zurückzugehen, und die Jolle hier vor Anker liegen zu lassen, war nicht die Lösung, denn ich durfte sie ja keineswegs unbeaufsichtigt lassen. Auch die Alternative ‚Am Wind' zurückzusegeln, schlug ich mir aus dem Kopf. Ein erneutes Treffen mit den vier Burschen wäre mir peinlich gewesen. Es gab aber noch eine andere Möglichkeit, nämlich zu treideln. Ich wusste, dass auf der gesamten Strecke weder Buhnen noch Bootsanlegestellen waren, die es erschwert hätten, das Boot ungehindert am Ufer entlangzuziehen. So arretierte ich das Ruder zur Flussseite hin, um zu verhindern, dass die Jolle mit den am Ufer aufgehäuften Steinquadern kollidieren konnte. Dann zog ich mich mit der Wurfleine an Land. Dort nahm ich die Bugleine und zog das leicht auf dem Wasser gleitende Boot stromaufwärts in Richtung der Bucht. Kurz vor ihrer Einmündung hielt ich an und horchte gespannt auf Geräusche. Doch außer den ans Land brandenden Wellen, war nichts zu vernehmen.

Ob die vier Burschen sich noch in der Bucht aufhielten, konnte ich von hieraus nicht sehen. Deshalb schritt ich weiter, bis ich freien Blick hatte und erfreut feststellen konnte, dass sie gänzlich menschenleer war. Auch von Lothar gab es nicht das geringste Anzeichen.

Ich konnte mir nicht vorstellen, dass er zwischenzeitlich hier gewesen war, denn für seine Exkursion auf den Ennert hat er gewiss länger gebraucht, als die angegebenen zwei Stunden. Wie dem auch sei, ich blieb nicht an Land, sondern bestieg die Jolle, stieß mich vom Ufer ab und ankerte an jener Stelle, wo sie vorhin schon gelegen hatte. Dann setzte ich mich auf den Bootsboden, ließ mich von den sanften Wellen schaukeln und dabei das zuvor Erlebte Revue passieren. Ich musste eingestehen, dass ich bei diesem Unternehmen mehr Glück, als Verstand gehabt habe.

Wie lange ich dort geträumt hatte, wusste ich nicht. Ein lautes Rufen „Halli-hallo, Halli-hallo!" riss mich in die Wirklichkeit zurück. Es war Lothar, der vom Hügel hinunter zum Ufer trabte. Ich fühlte eine große Erleichterung und schleuderte die Wurfleine zu ihm ans Land. Er zog die Jolle ans Ufer und bestieg das Boot. Offenbar fühlte auch er sich erleichtert, denn er entschuldigte sich für sein langes Fortbleiben. Die Wegstrecke zum Ennert sei viel weiter gewesen, als er es sich ausgerechnet hatte. Außerdem habe er sich ein paar Mal verlaufen. Seine Exkursion habe sich jedoch gelohnt. Schließlich fragte er mich: „Wie hast du die Zeit vertrieben?" Ich erzählte ihm von dem Geschehen mit den vier Burschen, worauf er bestürzt meinte: „Mensch, du hast Kopf und Kragen riskiert. An deiner Stelle hätte ich die Jolle einfach ans Ufer gezogen. Dann wären die Kerle von sich aus weggegangen. Zum Glück ist ja alles gut verlaufen". Ja, auf diese einfache Idee war ich selbst ja auch gekommen, aber bei mir hat's nicht funktioniert, dachte ich.

Bei der Rückfahrt übernahm Lothar die Führung des Bootes. Wir segelten ‚Hart am Wind' bis zur Rheinbrücke, konnten aber wegen des vorherrschenden Schiffsverkehrs nicht übersetzen. So entschloss sich Lothar das Großsegel einzuholen und abzuwarten, bis eine ausreichend große Lücke entstanden war, um dann wieder per Motorkraft überzusetzen. Doch beim Einholen des Segels gab's ein Problem. „Verflucht, die Leine hat sich verheddert", haderte er. „Mit killendem Segel werde ich nicht übersetzen können. Das ist mir zu gefährlich". Von der Strömung waren wir mittlerweile unter der Brücke hindurch fortgetragen worden. „So kann es nicht weitergehen", gestand er und schaute mich bittend an. „Könntest du vielleicht am Mast hochklettern und die Leine frei machen?", fragte er. „Ja, sicher", antwortete ich.

Der Mast hatte bei weitem nicht die Höhe einer Kletterstange in unserer Schulturnhalle, an der wir beim Sportunterricht hochklettern mussten. Es fiel mir nicht schwer, mich an einer solchen Stange emporzuhangeln. Was sollte hier schon schwieriger sein. Doch anders als bei einer Kletterstange blieb der Bootsmast beim Hochklettern nicht in aufrechter Position stehen. Vielmehr neigte er sich zur Seite und je näher ich mich der

Mastspitze näherte, umso weiter senkte sich der Mast nach unten, so dass ich außerhalb des Bootes schwebte. Lothar unternahm zwar alles, um mit seinem Körpergewicht die Schräglage des Bootes auszugleichen, was aber nicht gänzlich gelang. Als ich die Mastspitze erreicht hatte, schwebte ich zum Greifen nahe über dem Wasser. Außerdem schlug mir das flatternde Segeltuch um die Ohren. Doch es gelang mir schließlich, die ausgerastete Leine wieder in die Führungsrolle zu bugsieren. Ich hangelte ins Boot, Lothar holte das Segel ein und befestigte es an der Rahe. Dabei sagte er ganz beiläufig: „Wir sind doch eine gute Crew, meinst du nicht auch?"

Wir waren fast bis Vilich-Rheindorf fortgetrieben, als Lothar den Motor zum Übersetzen startete. Die Bonner Seite erreichten wir in Höhe der ersten Buhne. Von dort fuhren wir stromaufwärts zum Schänzchen, wo die Jungs schon auf uns warteten. Sie waren nach dem Fußballspiel schnurstracks zur Anlegestelle gekommen, um nach der verloren gegangenen Schiffsschraube zu tauchen. Erwin war der Held, der sie beim Wühlen aus schlammigem Grund ans Tageslicht gebracht hatte. Lothar freute sich wie ein Schneekönig über die wiedergefundene Schiffsschraube. Er bedankte sich bei allen und versprach Erwin, ihn bei seinem nächsten Segeltörn mitzunehmen.

X

Ja, Erwin war bei uns der Junge fürs Grobe. Diesen Ruf hatte er sich erworben, weil er sich vor nichts ekelte. Einmal zeigte er uns, dass man einen lebenden Regenwurm verzehren kann. Ohne langes Suchen nahm er ein solches Kriechtier aus einer Regenwasserpfütze, führte es mit zwei Fingern vors Gesicht und ließ es der Länge nach in seinen Mund rutschen. Ich fand das ekelhaft und sagte: „Pfui Teufel!" Er entgegnete darauf: „Das ist doch Natur". „Natur hin, Natur her, in dieser Form kann sie mir gestohlen bleiben", konterte ich. Auch meine Freunde empfanden Abneigung gegen Erwins ekelhafte Vorführung. Andererseits war der Kerl sofort zur Stelle, wenn einer seine Hilfe brauchte. So half er auch Reinold, der einen Aal an den Haken bekam, ihn aber nicht davon lösen konnte. Erwin nicht zimperlich stellte einen Fuß auf das glitschige Tier, das sich um seinen nackten Fuß schlängelte und ihn in den Zeh hätte beißen können.

Reinold verzichtete auf seinen Fang und sagte zu Erwin: „Werfe den Brocken wieder zurück in den Fluss". Doch Erwin entgegnete: „Wenn du den nicht willst. Ich nehme ihn gern". Er freute sich über das Geschenk, doch dann fiel ihm ein, dass bei ihm niemand zu Hause ist und so fragte er: „Wo könnte ich den Aal bis heute Abend aufbewahren?" Ich erwiderte darauf: „Bei uns im Garten steht ein Regenwassertrog. Den kann ich dir zum Aufbewahren anbieten". Erwin nahm mein Angebot freudig an, Er packte den Aal bei den Kiemen, und wir beide gingen daraufhin los in den Garten. Der Trog war fast bis zum Rand mit trübem Regenwasser gefüllt. Erwin ließ das Tier hineingleiten und sagte dabei symbolisch: „So Freundchen, dich hole ich heute Abend ab".

Wie ausgemacht erschien Erwin bei der Dämmerung, um das gute Stück abzuholen. Ich ging mit ihm in den Garten. Er streckte seinen Arm tief in den Trog hinein und wühlte mit der Hand im Wasser herum. Doch vergebens. Entsetzt fauchte er: „Da ist kein Aal drin. Wo ist mein Aal? Den habt ihr mir weggenommen. Das ist unfair. Einmal geschenkt, bleibt geschenkt. Zurückholen ist gestohlen!" Ich entgegnete: „Beruhige dich. Niemand von uns hat den Aal herausgenommen. Warum sollten wir das tun". „Aber wo ist er denn", jammerte er. „Was soll ich nun meiner Mutter sagen?" Da war guter Rat teuer. Erwins Familie hatte sich möglicherweise schon auf ein leckeres Fischgericht gefreut. Und nun diese Offenbarung. Enttäuscht trottete Erwin davon. Er glaubte tatsächlich, ich hätte seinen Aal weggenommen.

Diese peinliche Geschichte erzählte ich Otto, der sehr erbost war über Erwins Schuldzuweisung. Die Lösung gab's einige Tage später, als Otto beim Holzhacken den toten Aal auf der Gartenwiese entdeckte. Was er sah hatte allerdings nur wenig Ähnlichkeit mit dem dicken Aal.

Vielmehr glich er jetzt einer mageren Blindschleiche. Als ich später an den Rhein ging, sah ich Erwin am Flussufer, wo er mit dicken Steinen einen Damm baute. Ich sagte zu ihm: „Dein Aal ist wieder aufgetaucht. Komm mit, ich zeige ihn dir. Er ist jedoch mausetot. Komm mit, überzeuge dich!" Gemeinsam gingen wir in den Garten zu der Stelle, wo der Aal noch genauso lag wie Otto ihn entdeckt hatte. Erwins Stellungnahme: „Ich Dummkopf! Das hätte ich wissen müssen, dass der Aal aus dem Becken abhaut. Tut mir leid, dass ich dich zu Unrecht verdächtigt habe". „Vergessen wir die Sache", erwiderte ich und spürte, dass er sich schämte. Er nahm das vertrocknete Stück und trug es zum Fluss, wo er es seinem Element überließ.

Erwins Familie lebte erst seit kurzem am Schänzchen. Bisher war er nur selten zum Spielen an den Rhein gekommen, doch nach Lothars Versprechen, ihn bei einem Segeltörn mitzunehmen, kam er täglich hierhin. „Beim Warten auf seine Chance, mitgenommen zu werden, sei ihm die Idee für ein tolles Spiel gekommen", sagte er. „Kommt mit runter zum Fluss. Ich erkläre es euch. Wir alle können daran teilnehmen". Reinold, Rudi, Otto, Wolfgang und ich glaubten zwar, dass wir bereits alle Spielarten am Rhein kannten, aber wir folgten ihm willig zum Strand. Dort erfuhren wir dann Näheres. Auf die mit Gras bewachsene Werftmauer hinweisend, sagte er: „In den Ritzen hocken überall Kröten". Wir nickten zustimmend, denn das war für uns nichts Neues. Aber Erwin fuhr fort: „Manchmal verlässt eine Itsche ihren Unterschlupf und hüpft hinunter ins Wasser". Auch das hatten wir schon erlebt, und in diesem Augenblick hüpfte gerade eine zum Fluss, wie ich feststellen konnte. Erwin ergriff das Tier und schleuderte es hinaus ins seichte Wasser. Die Kröte schwamm sofort zurück ans Ufer. Und dieses Verhalten hatte ihn auf die Idee des neuen Spiels gebracht. „Wir machen ein Wettschwimmen mit den Kröten", sagte er. „Jeder holt sich eine, die wir dann gleichzeitig ins Wasser werfen. Dessen Kröte zuerst das Ufer erreicht, der hat gewonnen". Zwar hatte ich eine Abneigung gegen solch glitschige Tiere, aber ich wollte kein Spielverderber sein und machte dabei mit.

Erwin nahm für das Wettschwimmen die gerade aus dem Fluss heraushüpfende Kröte. Wir anderen kletterten ein Stück die schräge Werftmauer hinauf, um unsere Kandidaten zu holen. Zuvor hatte ich am Sandstrand einen angeschwemmten Zweig aufgehoben, um damit eine aus der Mauerritze herauszukitzeln. Als sie aus ihrem Spalt herausgekrabbelt war, nahm ich sie auf und zeigte sie den Freunden. „Die kannst du nicht nehmen", schilt Erwin mich. „Das ist ein Weibchen. Das sieht doch ein Blinder ohne Stock. Weibchen sind größer. Sie müssen doch ihre Männchen tragen". Da lachte Otto schelmisch und grinsend sagte er: „Den Spruch kenne ich doch. Die Kröten machen's wie die Weiber von Weinsberg, die ihre Männer huckepack den Berg heruntertrugen". Alle lachten über Ottos witzigen Vergleich. Natürlich ließ ich die Dickmadame davon hüpfen und besorgte mir eine andere. An Kröten mangelte es ja nicht, denn aus fast jeder Nische glotzte eine heraus.

Als jeder seinen Schwimmkandidaten in der Hand hielt, konnte der Wettkampf beginnen. Doch wir hatten vorher ausgemacht, die Tiere nicht in den Fluss zu werfen, wie es Erwin vorgeschlagen hatte, sondern sie ins seichte Wasser zu tragen und aus unseren Händen starten zu lassen. Wir stellten uns nebeneinander in einer Reihe hin und auf „Los"! setzte jeder seine Kröte ins Wasser. Die Tiere nahmen sofort Kurs aufs Ufer. Jeder folgte seinem Schwimmer mit kurzem Abstand hinterher. Erwins Kröte erreichte als erste das Ufer, und er war der Sieger. Offenbar hatte dieser Hüpfer beim Wettschwimmen schon Übung bekommen. So tanzte Erwin vor Freude und schlug vor: „Lasst uns das Wettschwimmen noch einmal . . ." doch dann verstummte seine Stimme mitten im Satz. Alfred stand plötzlich vor ihm. Er hatte wohl unser Treiben beobachtet und war empört: „Seid ihr von Sinnen. Habt ihr euren Verstand verloren. Das ist Tierquälerei. Lasst die Kröten in Ruhe!", tadelte er uns. Wir alle schwiegen wie begossene Pudel und ließen die Kröten zurück in ihre Mauerspalten hüpfen. Bei solchen Spielchen hörte bei Alfred der Spaß auf.

Übrigens, Lothars Segelboot, das zwei Schurken böswillig umgekippt hatten, wurde bei Graurheindorf geborgen. Unser Schutzmann hatte sich eingeschaltet und Lothar darüber informiert, wo er es abholen könne. Kurze Zeit danach war Lothar zu uns ins Haus gekommen, um den bei uns untergestellten Außenbordmotor abzuholen. Er war in Begleitung eines jungen Mannes und sagte, dass er sein Boot samt allem Zubehör verkauft habe. Bei seiner Schilderung des überstürzten Verkaufs gewann ich den Eindruck, dass er froh war, das Boot los zu sein. Übrigens, die Übeltäter, die das Boot mutwillig zum Kentern gebracht hatten, wurden nie erwischt.

XI

Der Bootsbetrieb bei uns zu Hause war noch im vollen Gange, aber Jack, Clemens und Peter habe ich seit ihrem Rettungseinsatz nicht mehr gesehen. Doch jetzt war unter den Wassersportlern abermals ein englisch sprechender Kanute zu Gast, ein US-Amerikaner. Ich hatte diesen Herrn bisher noch nicht gesehen, geschweige denn gesprochen. Er kam morgens, wenn ich schon in der Schule war und kehrte erst spätabends von seinen

Bootstouren zurück. Seinen Einerkajak trug er allein aus dem Schuppen zur Anlegestelle und umgekehrt brauchte er auch keine Hilfe, um das Boot wieder zurück an seinen Liegeplatz zu bringen. Der Zufall wollte es, dass ich ihn eines Nachmittags nach der Schule bei uns im Hof antraf. Sein Kajak lag kieloben auf der niedrigen Hofmauer. Dann sah ich, dass die Bootshaut einen langen Riss hatte, und er im Begriff war, das Leck zu reparieren. Seine Hilfsmittel für die Reparatur waren eine Dose mit Lackfarbe und eine Rolle Isolierband, die er auf der Mauer griffbereit hingestellt hatte. Ich grüßte den Herrn mit „Good afternoon" und verweilte am Ort, um ihm bei seiner Arbeit zuzuschauen.

Sorgfältig reinigte er die Bootshaut mit einem trockenen Lappen und überklebte den Riss anschließend mit Isolierband. Dann goss er einen Klecks Farbe aus der Dose direkt über das Isolierband und verstrich die Farbe mit den Fingern seiner rechten Hand. „Wait a minute. I'll fetch a brush", sagte ich zu dem Amerikaner, der von meiner Anwesenheit bisher überhaupt keine Notiz genommen hatte. Er antwortete darauf: „A brush, eunen Binsel? No, no. Fingers waren vor Binsel". Dennoch, wollte ich ihm behilflich sein und ging in Vaters Werkstatt, nahm einen Pinsel vom Regal, füllte etwas Terpentin in ein leeres Einmachglas und brachte ihm diese Sachen und sagte: „Please, take these. Use the terpentine to clean your fingers". Ich blieb dabei stehen und wunderte mich, dass er von dem hingelegten Pinsel keinen Gebrauch machte, sondern die Farbe nach wie vor mit den Fingern auftrug. Dann sagte er zu mir: „Du sprichst Englisch. Das ist gut!"

„Ich spreche nur ein wenig Englisch. Ich lerne noch", erwiderte ich.

„Lernen, das ist gut", dozierte er. Die Reparatur war schließlich gemacht und auf die Flickstelle deutend, sagte er: „Patch gut. Waterproof. Das ist gut". Jetzt nahm er das Glas mit dem Terpentin zur Hand und goss davon etwas über seine verschmierten Finger. „Das ist gut", meinte er und holte mit der sauberen Hand ein kariertes Taschentuch aus seiner Hosentasche. Damit trocknete er die gereinigten Finger ab. Ich sagte zu ihm: „ Bei der Wasserpumpe ist Seife zum Händewaschen. „Das ist gut", entgegnete er, und diesmal ergänzte er seine Aussage sogar mit: „Thank you".

Ich ging voraus und pumpte Wasser in die bereitstehende Schüssel. Nachdem er seine Hände gründlich mit Kernseife gewaschen hatte, reichte ich ihm das an der Wand hängende Handtuch zum Trocknen der Hände. Danach schritten wir zum Boot zurück, wo er nochmals einen kritischen Blick auf die Flickstelle warf. Ohne ein weiteres Wort zu sagen, nahm er seine Sportjacke zur Hand, die er neben dem Boot abgelegt hatte und holte eine Pfeife und einen Tabakbeutel aus ihrer Seitentasche. Er stopfte die Pfeife mit goldgelbem Tabak und griff abermals in die Jackentasche. Diesmal kam ein Feuerzeug zum Vorschein, mit dem er die Pfeife anzündete und weißen Rauch genüsslich in die Luft blies. Beim Paffen griff er nochmals in die Jacke und beförderte eine lederne Brieftasche heraus. Dieser entnahm er einen Geldschein und reichte ihn mir mit den Worten: „That's for you, for an ice-cream". Ich sperrte die Augen weit auf, nahm den Schein zögernd entgegen und sagte: „Oh, danke, thank you, sir". „Alles ist gut", entgegnete er und paffte weiter Rauch aus seiner Pfeife. Einen solchen Geldschein hatte ich bisher noch nicht in meiner Hand gehabt. Diesen werde ich mir später genauer anschauen, dachte ich und steckte ihn in meine Hosentasche.

In diesem Augenblick erschien Alex im Hof. Er grüßte den Amerikaner mit „Hello" und fragte mich: „Hast du Alfred gesehen?" „Alfred ist mit den anderen Jungs an die Gronau gefahren", entgegnete ich. „Schade! Ich wollte mit ihm nach Schwarzrheindorf radeln. Was machst du?" Ohne meine Antwort abzuwarten, fragte er: „Wollen wir beide eine Radtour machen?" Ich überlegte kurz und entgegnete: „Gern! Vorher frage ich diesen Herrn, ob wir sein Boot in den Schuppen tragen sollen". Üblicherweise brauchte er keine fremde Hilfe, doch wegen des frischen Farbaufstrichs, hielt ich es für besser, das Boot zu zweit in den Schuppen zu befördern. Der Amerikaner nahm die angebotene Hilfe dankend an. Alex und ich legten den Kajak sorgsam auf die freie Ablage. „Das ist gut", sagte er uns zuschauend und sein Pfeifchen genüsslich rauchend. Mit einem freundlichen „Good bye" verließen wir den Sportsfreund.

Ich fragte meine Mutter, ob ich mit Alex nach Schwarzrheindorf radeln dürfe. Sie war einverstanden, denn Alex besaß Mutters volles Vertrauen. Doch jetzt fiel mir ein, dass ich mein Fahrrad an Rudi ausgeliehen hatte, der mit den anderen Jungs zum Fußballspielen gefahren war. „Alex, ich kann leider nicht mitkommen. Ich habe mein Fahrrad verliehen", sagte ich etwas zerknirscht. „Das macht doch nichts", erwiderte er. „Ich nehme dich auf die Lenkstange. Wir fahren ja nur bis Schwarzrheindorf, wo ich für Klementine etwas besorgen muss". Klementine war seine ältere Schwester, eine sehr liebenswürdige junge Frau. Sie war mit einer Missbildung ihres Rückens behaftet, die ihre zierliche Gestalt etwas entstellte. Sie habe einen Buckel, sagten Leute in der Nachbarschaft oder auf Bönschplatt hieß es: „Dat Mädche hätt en Rööz". Für den Bräutigam von Klementine war diese Krankheit, wie er sich gegenüber Freunden äußerte: „Nur ein kleiner Höcker, in dem sie ihr gutes Gemüt bewahre".

So starteten Alex und ich die Tour, mit mir auf der Fahrradlenkstange, über die holprigen Pflastersteine der Werftanlage bis zur Rheinbrücke. Über die breite Brückentreppe hinauf schob Alex sein Fahrrad vorbei am Brückenmännchen, das der ‚Schäl Sick‘ seinen Hintern zukehrt. Dies soll eine Beschimpfung der Beueler Gemeinde sein, die sich geweigert hatte, anteilige Kosten für den Brückenbau zu übernehmen. Die Benutzung der steilen Treppe ersparte uns den Umweg über die Tempelstraße. Oben auf der Brücke radelten wir zum Zollhäuschen, wo das Brückengeld gezahlt werden muss. Doch vorher sprang ich von der Lenkstange herunter, um zu vermeiden, dass Alex von dem Beamten wegen unerlaubter Fahrweise angeraunzt wird.

Den kleinlichen Kassierern hatten wir Jungs schon so manchen Streich gespielt, um kostenlos oder billiger auf die andere Rheinseite zu kommen. Zum Mogeln gab es da verschiedene Tricks. Einer davon war der Straßenbahntrick. Dabei nutzten wir die fahrende Straßenbahn, um von ihr verdeckt am Zollhäuschen unbemerkt vorbei zu laufen. Ein anderer Trick bestand darin, einem Erwachsenen dicht auf den Fersen zu folgen. Während er das Brückengeld zahlte, tauchte man unter, um ungesehen am Schalter vorbeizuhuschen. Alfred hatte sich eines Tages noch einen anderen Trick ausgedacht: „Wir gehen huckepack und zahlen nur die Hälfte. Ich nehme dich auf meine Schulter", sagte er zu mir. „Reinold nimmt Otto. Dagegen kann der Kassierer doch nichts einwenden". Als wir huckepack zum Schalter kamen und Alfred nur für zwei Personen zahlte, kam der Kassierer aus seiner Loge heraus und versperrte uns den Weg. „Watt soll der Quatsch", schimpfte er und stieß Otto von Reinolds Schulter herunter. Bevor er zu mir kam, war ich schon von Alfreds Rücken heruntergesprungen. „Entweder ihr zahlt voll oder ihr blieft he", forderte er uns auf. Der Mann verstand also keinen Spaß und so zahlte Alfred das volle Brückengeld. Eigentlich bestand für uns überhaupt kein Anlass, auf die Beueler Seite zu gehen. Unsere Absicht war es, nur bis zur Brückenmitte zu tippeln, um von oben die unter der Brücke hindurch fahrenden Schiffe zu beobachten. Hätte Alfreds Trick mit der halben Maut funktioniert, dann hätten wir uns für die eingesparten vier Reichspfennige beim Bäcker zwei frische Brötchen oder ein Stück Gewürzkuchen mit Zuckerguss kaufen können. Aber Pustekuchen! Es hat ja nicht geklappt.

Alex zahlte natürlich die volle Maut für zwei Personen und für das Fahrrad und sobald wir dem Kassierer den Rücken zugekehrt hatten, kletterte ich wieder auf die Lenkstange. Wir radelten hinüber auf die Beueler Seite und fuhren auf der Uferstraße bis zum Bahnhof des Siegburger Bimmel-Bähnchens und weiter auf einem Feldweg in Richtung Schwarzrheindorf. Unterwegs erzählte ich Alex, auf welche Art der Amerikaner den Riss in seinem Paddelboot repariert hat. „So ein verrückter Kerl", meinte er. Ich schlug vor: „Darüber könntest du doch eine lustige Geschichte schreiben". Doch Alex winkte ab: „Für solche Geschichten interessiert sich die Tageszeitung nicht, glaube ich wenigstens". Dann zog ich den Geldschein des Amerikaners aus meiner Hosentasche und reichte ihm diesen zum Betrachten. „Diesen Geldschein hat er mir geschenkt", sagte ich. „Dafür solle ich mir ein Ice-cream kaufen". Alex hatte die Banknote sofort erkannt und ohne sie überhaupt in die Hand zu nehmen, versicherte er mir: „Damit kannst du dir mehr als eine Portion Eiskreme kaufen. Das ist ein US-Dollar. Ich kenne zwar nicht den Wechselkurs, aber einige Reichsmark ist er schon wert". Darüber war ich erfreut und erzählte ihm, dass Otto und ich uns vorgenommen haben, Geld zu sparen, um Figuren für unser Kasperletheater zu kaufen. Otto baut eine Bühne und malt die Kulissen. Ich schreibe Geschichten". „Nicht schlecht", meinte er. „Das wird eure Fantasie beflügeln".

Alsbald hatten wir Schwarzrheindorf erreicht und standen vor der Doppelkirche. Ich war beeindruckt von dem bildschönen Gotteshaus, das ich bisher nur als eine kleine Kapelle von der Bonner Seite aus wahrgenommen hatte. Und jetzt stand die Kirche in voller Größe vor mir. Sie war nicht nur viel größer, sondern auch viel prächtiger, als ich sie mir vorgestellt hatte. In dieser Kirche, so hatte Alex unterwegs erzählt, soll demnächst die Trauung von Klementine, seiner Schwester, stattfinden. Klementine und ihr Bräutigam haben diese Kirche gewählt, weil der Schutzpatron der Doppelkirche, St. Klemens, für ihre Ehe ein gutes Omen sei. Dann machte Alex einige Außenaufnahmen und ging ins Pfarrhaus, um seine Besorgungen zu machen. Derweil hatte ich die Möglichkeit, mich im Innern der Kirche umzusehen, wo kein anderer Besucher außer mir anwesend war. Im unteren Kirchenschiff, das im Halbdunklen lag, hielt ich mich nicht auf, sondern ging die Treppe hinauf zur Oberkirche, die vom Tageslicht erhellt war. Durch eine große, runde Sichtöffnung konnte ich nach unten auf den Altar schauen. Ich betrachtete in aller Ruhe die Wand- und Gewölbemalereien, aber ich kannte weder ihre Bedeutung noch etwas über die Geschichte der ehrwürdigen Kirche. Ich nahm mir aber vor, demnächst bei einer kundigen Führung mitzumachen und einiges über dieses geschichtsträchtige Gotteshaus zu lernen.

Alex hatte seine Besorgung im Pfarrhaus früher als erwartet erledigt, kam zu mir in die Oberkirche und überraschte mich mit einem neuen Vorschlag: „Wir können sofort heimfahren, wenn du möchtest", sagte er. „Wir können aber auch einen kleinen Umweg machen und mit der Motorfähre nach Graurheindorf übersetzen. Was hältst du davon?" Ich war begeistert von seinem Vorschlag. Eine Überfahrt mit der Fähre - das wird ein schönes Erlebnis werden, für das ich meinen unbequemen Sitzplatz auf der Fahrradlenkstange noch gern in Kauf nehme. So radelten wir auf der Pappelallee weiter am Rheinufer entlang, dann durch die Auen der Sieg, wo dieser kleine Nebenfluss des Rheins auf seinem Weg zur Mündung eine lange Strecke neben seinem großen Bruder dahinfließt. Weiter ging es über holprige Feldwege in Richtung Mondorf.

Völlig unerwartet kamen wir an einen hölzernen Steg, der über die Sieg führt. Darauf gönnten wir uns eine kleine Verschnaufpause und betrachteten im spiegelnden Wasser unsere verzerrten Gestalten. Dann überquerten wir das Flüsschen und radelten weiter auf einem schmalen von Bäumen und Büschen gesäumten Feldweg, der schließlich in eine breite Fahrstraße mündete, die direkt zur Anlegestelle der Fähre führte. Im weiteren Verlauf der Fahrt hatte ich die Fähre erblickt und sah, wie Fahrzeuge an Bord des Schiffes fuhren. Alex nahm an, dass wir das Schiff vor seiner Abfahrt noch rechtzeitig erreichen werden. Dennoch trat er feste in die Pedale, um schneller dorthin zu kommen. Beim Anlegesteg zahlte er beim Kassierer das Fahrgeld für die Überfahrt. Wir schritten an Bord und schlängelten uns auf dem durchlaufenden Deck zwischen Körben und Kisten vorbei bis zu einem freien Platz, gleich hinter der Kabine des Kapitäns. Von dort aus hatte ich auch einen freien Blick auf den Rhein und auf die andere Rheinseite. Da keine Schiffe die Fahrroute kreuzten, konnte die Fähre ablegen und mit Volldampf den Fluss überqueren. Das Ufer von Graurheindorf war alsbald erreicht und viel schneller, als ich erwartet hatte. Darüber war ich etwas enttäuscht, musste aber einsehen, dass eine Fähre kein Vergnügungsdampfer ist, auf dem man eine schöne Schiffstour genießen kann.

Schon verließen Fuhrwerke und motorisierte Fahrzeuge das Schiff. Ihnen folgten Fahrgäste mit ihren Handkarren und Fahrrädern. Und während die Fußgänger im Gänsemarsch mit und ohne Gepäck an Land schritten, wurden schon neue Passagiere für die Überfahrt nach Mondorf an Bord aufgenommen. Alex hatte wie andere Radfahrer, seinen Drahtesel über den Anlegesteg ans Ufer geschoben. Ich war bis zum Treidelpfad nebenher getippelt. Dort bestieg ich wieder meinen Logenplatz auf der Lenkstange und auf vertrautem Weg fuhren wir zurück zum Schänzchen. „Vielleicht machen wir diese Rundfahrt demnächst einmal mit unseren Fußballern", sagte Alex. Mit „unseren Fußballern" meinte er vor allem seinen jüngeren Bruder Alfred, der diesem Sport ein Großteil seiner Freizeit widmet. Und wie gerufen, erschienen die Fußballspieler Alfred, Reinold, Rudi und Otto auf der Bildfläche. Alex erzählte ihnen, was wir während ihres Spiels unternommen hatten. „Diese Radtour könnten wir demnächst einmal gemeinsam machen", schlug er vor. Doch Alfred ergriff das Wort und sagte: „Du wirst es nicht glauben, was wir soeben beschlossen haben. Wir vier wollen auch an die Sieg, aber nicht mit dem Fahrrad, wir wollen dorthin schwimmen. Morgen ist schulfrei und morgen werden wir's machen. Kommt ihr beide mit?" Alex musste leider passen, weil er bereits eine andere Verabredung getroffen hatte. Ich jedoch wollte in jedem Fall mitkommen und sagte freudig: „Ja, da mache ich mit".

XII

Und wie verabredet trafen wir uns am nächsten Morgen, um über den Rhein zu schwimmen. Otto und ich gingen erwartungsvoll zum Fluss hinunter und sahen Reinold auf einem aufgepumpten, großen Autoreifenschlauch sitzen. Von der Straße her hörte ich es rufen: „Wartet! Wartet doch!" Es war Hubert, der mit einer Tasche angewetzt kam und uns die Tagesverpflegung brachte, die wir vergessen hatten, mitzunehmen. Hubert tippelte mit uns, um den Start der Tour zur Sieg miterleben zu können. Alfred kam mit seiner Schwester Klementine, die bedauernd sagte: „Ich wäre so gern mitgeschwommen, aber Mutter hat mir davon abgeraten". Klementine trug einen Beutel in der Hand, den sie Alfred übergab. Als Letzter erschien Rudi, der sich riesig darüber freute, dass er heute nicht, wie an anderen Werktagen, Ziegenmilch für sein Brüderchen holen musste. Damit war die Schwimmstaffel komplett und wir konnten starten. „Für was ist der Schlauch, da?", fragte Rudi, sich an Reinold wendend. „Der ist für dich, falls dir die Puste ausgeht", antwortete Reinold. „Aber Scherz beiseite. Der Schlauch ist für jeden da, falls einer mal eine Pause machen möchte". Wir alle waren zwar gute Schwimmer, doch die Rheinquerung war für jeden von uns ein unbekanntes Unternehmen. „Bindet doch die Verpflegung am Schlauch fest", sagte Klementine. „Das ist eine gute Idee", erwiderte Alfred. „Warum bin ich nicht selbst darauf gekommen".

Wir ließen unsere Blicke umherschweifen und überzeugten uns, dass kein Schiff angetuckert kam, das unseren Start hätte behindern können. Bei der Anlegestelle der Nederlands Scheepvaartlijn herrschte absolute Stille. Auch das Schnellboot der Strompolizei war schon anderswo im Einsatz und nicht mehr am Landesteg. Was sich aber bei den Landungsbrücken hinter der Rheinbrücke abspielte, konnten wir von unserem Standpunkt aus nicht einsehen. Doch das nahmen wir in Kauf. In entgegengesetzter Richtung sahen wir schwarzen Rauch, der von einem Schlepp-dampfer stammte, der stromaufwärts angedampft kam. Diesem mussten wir in jedem Fall zuvor kommen, denn darauf zu warten bis der Schlepper mit seinen fünf oder sechs Kähnen vorüber gedampft ist, würde viel Zeit kosten. Flugs stellten wir uns an der Werftmauer in einer Reihe auf, Reinold schickte den Schlauch mit den daran befestigten Brotbeuteln voraus und mit dem Ruf: „Zicke zacke zicke zacke, hoi hoi hoi" stürzten wir uns ins frische Nass. Klementine und Hubert winkten uns noch eine ganze Weile hinterher.

Wir fünf blieben dicht beisammen und schwammen im Kraulstil, um den Fahrweg der Schiffe möglichst schnell zu überwinden. Reinold und Alfred schoben den Schlauch mit den daran befestigten Beuteln abwechselnd vor sich her. Manchmal versetzten sie dem Ungetüm einen kräftigen Stoß, um beim Kraulen nicht allzu sehr aus dem Rhythmus zu kommen. Und plötzlich, ganz unerwartet, erschien unter der Rheinbrücke der Bug eines Köln-Düsseldorfers. Alfred hatte ihn zuerst erspäht und rief: „Jungs, den müssen wir vorbeilassen". Wir mussten also auf der Stelle schwimmen und wurden dabei von der Strömung fortgetragen. Die „Auguste-Viktoria", ein schnelles Fahrgastschiff mit zwei Schornsteinen kam angedampft. Erst im vergangenen Monat, bei einem Familienausflug nach Königswinter, standen Otto und ich auf dem Deck der „Kaiserin" und bestaunten die mächtigen Antriebsaggregate der Schaufelräder im offen einzusehenden Maschinenraum. Und jetzt, als Schwimmer, mussten wir zu unserer Sicherheit darauf bedacht sein, von diesen sich schnell drehenden Kolossen einen großen Abstand einzuhalten. Eine vom Schiff verursachte Woge schlug über mich hinweg. Tief nahm sie mich mit ins Wellental und dann wieder hoch hinauf auf den Wellenkamm. Die „Kaiserin" war alsbald vorbeigedampft, aber das Auf und Ab der auslaufenden Wellen konnte ich noch eine Zeitlang entspannt genießen. Ein herrliches Gefühl, so leicht vom Wasser getragen zu werden.

Die starke Strömung hatte uns bis zu den Buhnen fortgetrieben und der stromaufwärts kommende Schleppzug, dessen Tempo wir offenbar unterschätzt hatten, kam immer näher angerückt. Reinold befürchtete sogar, dass wir es jetzt nicht mehr schaffen würden, seine Fahrbahn noch vorher zu überqueren. Und keinesfalls durften wir es wagen, über die Stahltrossen zu schwimmen, mit denen Schleppdampfer und Schleppkähne verbunden sind. Eine solche Stahltrosse könnte mit einem Ruck hochschnellen und einen darüber schwimmenden Menschen in Stücke zerreißen. Unsere Eltern hatten uns vor dieser Gefahr gewarnt und strikte verboten, dies zu riskieren. Alfred ermutigte den verzagenden Reinold und sagte: „Nur Mut, Junge! Das packen wir". Doch Reinold rief: „Ich schaffe das nicht. Ich bleibe zurück". Otto redete ihm gut zu: „Du schaffst das! Notfalls können wir uns doch auf einen Frachtkahn schwingen ". Was Otto meinte, sich auf einen Frachtkahn zu schwingen, erforderte schon etwas Mut. Voraussetzung für ein solch kühnes Unterfangen ist es, einen tief im Wasser liegenden Kahn zu erwischen. Nur bei einem solchen kann man die Bordkante mit ausgestreckter Hand erreichen. Dann klammert man sich daran fest und mit der Strömung wird man auf den Gehweg des Schiffes befördert. Aber Reinold war von Ottos Zuspruch nicht überzeugt und wendete murrend ein: „Wenn der Kahn aber einem Franzmann gehört? Der knüppelt uns herunter. Dann landen wir in Wesseling". Nun gab auch Rudi noch seine Meinung kund: „Es ist doch egal, wo wir hintreiben. Hauptsache wir kommen wieder an Land". Alfred mischte sich ein und sagte: „Was soll das Gerede. Es ist nur noch ein kurzes Stück. Strengt euch an!" Otto übernahm den Schlauch von Reinold, so dass er unbehindert von dem Stück frei schwimmen konnte.

Der riesige Raddampfer war nicht zu übersehen und auch nicht zu überhören und das spornte uns alle an, nochmals einen Zahn draufzulegen. Erst als wir ganz sicher waren, aus seiner Fahrbahn zu sein, ließen wir es langsam angehen. „Es ist kein Franzose", rief Alfred. Er hatte dies an den Schornsteinen erkannt, deren Farben eindeutig die Reederei Franz Haniel markieren. In sicherem Abstand von dem Schleppdampfer und außerhalb der Sogwirkung seiner mächtigen Schaufelräder, schwammen wir gemächlich weiter. Ich bevorzugte jetzt die Rückenlage und ließ mich in der Strömung entspannt an den Frachtkähnen vorbeitreiben. Die vom Schleppdampfer hinterlassenen Wellenberge waren nicht annähernd so hoch wie jene von der „Auguste-Viktoria", und die nachfolgenden fünf Kähne zogen fast sang- und klanglos vorüber ohne nennenswerte Wellen zu hinterlassen. Zum Ufer blickend erkannte ich, dass die Pappelallee schon hinter uns lag. Mir fiel auf, dass das Rheinwasser auf dieser Flussseite sauberer war, als bei uns am Schänzchen. Es hatte ein frisches, grünliches Aussehen. Bisher hatte ich hier noch keinen „Goldfisch" (Kothaufen) gesehen wie sie auf unserer Rheinseite immer wieder angespült werden.

Das Ufer war nicht mehr weit entfernt, als ein Weber-schiff angetuckert kam. Doch wir waren außerhalb seiner Fahrrichtung und konnten weiter ungehindert zum Ufer hinschwimmen. An Bord des Schiffes waren Schulkinder, wie ich sehen und hören konnte. Abermals in der Rückenlage schwimmend lauschte ich dem fröhlichen Gesang der Schüler. Otto, der neben mir schwamm, hatte seine Arme fest um den Schlauch herumgeschlungen und sang die heitere Melodie der singenden Kinder mit: „Nun ade, du mein lieb' Heimatland. Es geht nun fort zum fremden Strand, lieb' Heimatland ade! Und so sing' ich denn mit frohem Mut, wie man singet, wenn man schwimmen tut!" Und da verstummte Ottos Stimme, denn eine Welle war über seinen Kopf geschlagen. Ich vermutete, dass er beim Singen unfreiwillig Wasser ge-schluckt hatte, denn er musste heftig husten. Nachdem sein Husten sich gelegt hatte, sagte er zu mir: „Ja, ja", singen sollte man wirklich nur, wenn man wandern tut".

Der fremde Strand, Schwarzrheindorf, lag nun auch schon hinter uns. Bald werden wir an der Sieg sein, dachte ich. Wie gern hätte ich gewusst, was da auf mich zukommen würde. Ich hatte keine Ahnung von der Gegenströmung bei der Siegmündung. Doch dann rief Alfred, der vorausschwamm: „Wir schwimmen an Land!". So war meine Befürchtung von wegen Siegmündung, völlig umsonst gewesen. Vom Ufer trennten mich nur noch wenige Schwimmzüge und dort, wo die Wellen weiß schäumend an die steinerne Uferaufschüttung branden, werden wir an Land gehen, dachte ich. Schon spürte ich festen Boden unter meinen Füßen und auf allen Vieren krabbelte ich über glitschige Basaltquader hinauf aufs trockene Land.

Als wir alle oben beisammen waren, erklärte Alfred den Grund für den verfrühten Abbruch unserer Tour: „Etwa ab hier fließt die Sieg fast parallel zum Rhein. Seht ihr die Bäume dort am Wiesenrand? Dort fließt sie entlang. Wir kürzen ab und brauchen nicht zur Siegmündung zu schwimmen". Das, was Alfred erklärte, war mir bereits vertraut: „Hier war ich gestern mit Alex", fügte ich Alfreds Erläuterungen hinzu. „Genau auf diesem Weg sind wir gestern geradelt". Von Otto übernahm ich den Autoschlauch, der mir von der Schulter bis zu den Knien herunter reichte. Ich tappte den anderen hinterher, und genau wie gestern, nahmen wir den Weg durch die Auen der Sieg und standen alsbald vor der Holzbrücke, die über das Flüsschen führt. „Auch hier an dieser Stelle war ich gestern mit Alex", sagte ich zu den Freunden. Doch diesmal überquerten wir die Brücke nicht, sondern blieben auf dieser Seite des Flusses, wo wir uns einen schönen Rastplatz aussuchten. Vom Schwimmen hatten wir zunächst genug. Reinold klagte: „Mensch, habe ich einen Durst. Jetzt brauche ich einen Schluck frisches Wasser!" Kaum zu glauben, obwohl wir eine so lange Zeit bis zum Hals im Wasser verbracht hatten, verspürten wir alle Durst und den Wunsch nach frischem Trinkwasser. Otto sagte: „Hier in der Nähe ist eine Gartenwirtschaft. Vater hatte dort seinen Spazierstock stehen lassen". Ich erinnerte mich auch an dieses Geschehnis und antwortete: „Ja, klar erinnere ich mich. „Den schönen Spazierstock mit dem Elfenbeingriff hatte ein Mann sich unter den Nagel ge-rissen, und nichts ahnend kam er mit dem Stock bei uns vorbei geradelt. Vater sah seinen Spazierstock, und der überraschte Dieb rückte ihn ohne sich zu sträuben heraus.

Voller Zuversicht auf einen Schluck frischen Wassers machten wir uns also gemeinsam auf den Weg, um die betreffende Gastwirtschaft aufzusuchen. Reinold ver-steckte den Schlauch hinter einem Gebüsch, wo er gut aufgehoben und vor den Augen der vorbeikommenden

Leute sicher verborgen war. Wir mussten über die Holzbrücke gehen und auf der anderen Seite des Flusses den Feldweg entlang des Ufers tippeln, der sich endlos hinzog. Keine Spur von einer Gaststätte, wohl aber kam ein einzelnes, freistehendes Häuschen in Sicht. Im Garten sah ich eine alte Frau, die tief gebückt am Boden arbeitete und irgendwelche Pflanzen in die Erde steckte. „Hier werden wir sicher Trinkwasser bekommen", sagte Reinold und sprach die Frau höflich an: „Entschuldigen Sie bitte. Können wir bei Ihnen einen Schluck Trinkwasser bekommen?" Mit gebücktem Rücken richtete die alte Frau sich langsam und schwerfällig hoch, musterte jeden einzelnen von uns mit scharfen Blicken und wunderte sich über unseren Auftritt. Es muss ihr wohl sonderbar vorgekommen sein, dass wir in diesem Aufzug, mit patschnassen Badehosen, nach Wasser verlangten. „Wasse wollt ür, Wasse zum drinke? Wo kutt ür denn her?", fragte die Frau. Reinold antwortete: „Wir sind von Bonn aus über den Rhein geschwommen". „Üwwe de Rhing jeschwomme", wiederholte die Frau Reinolds Aussage. „Dat ess doch jefährlich. Weeß dat ding Modde?" „Ja, meine Mutter weiß es und auch die Mütter meiner Freunde wissen es. Wir sind gute Schwimmer. Die Mütter machen sich unsertwegen keine Sorgen." „Dann ess ett jo jood", sagte die Frau offensichtlich befriedigt. „Hollt üsch Wasse do drüwwe beim Bronne. Do steht och en Bütt met Kiersche. Nämmt üsch dovun wat met". Soviel Freundlichkeit hatte keiner von uns erwartet. Wir gingen zum Brunnen, stillten unseren Durst und jeder nahm sich aus der dabeistehenden Holzwanne eine Handvoll Kirschen. Rudi steckte sich noch zwei Pärchen hinter die Ohren. Als wir zurück zum Garten kamen, war die Frau wiederum tief zum Boden gebeugt mit ihren Pflanzen beschäftigt. Wir bedankten uns für das erfrischende Wasser und für die leckeren Kirschen. Sie richtete sich abermals sehr schwerfällig auf und riet uns: „Passt jood op. Et jitt e Jewidder".

Wir schlenderten zurück zu unserem Lagerplatz bei der hölzernen Brücke und verzehrten die uns geschenkten Kirschen. Die Kirschkerne spukten wir in hohem Bogen in den Fluss. Rudi fragte unvermittelt in die Runde: „Wer weiß, woher die Sieg kommt?" Alfred vergewisserte sich: „Meinst du wo sie entspringt? Ihre Quelle ist im Rothaargebirge". Da mischte ich mich ein und sagte: „Da kenne ich eine lustige Geschichte vom Erdkundeunterricht. Der Lehrer fragte den Felix: „Wie heißt der höchste Berg im Rothaargebirge?" Felix sagte, ohne lange zu überlegen: „Aaler Kasten, Herr Lehrer". Daraufhin jodelte die ganze Klasse und Felix bekam von dieser Stunde an den Beinamen „Aaler Kasten". Alle schmunzelten über die Geschichte und Alfred ergänzte: „Die Sieg entspringt aber nicht auf dem Kahle Asten. Sie hat ihre Quelle auf dem Ederkopf". So, jetzt wussten wir es genau.

Die mitgenommene Wegzehrung wurde ehrlich aufgeteilt und verspeist. Danach hatte ich Lust, ins klare Wasser der Sieg zu gehen, und Rudi schloss sich mir an. Das Wasser reichte mir bis zur Brust und war wirklich glasklar. Ich konnte bis auf den Kiesboden schauen und gewahrte dort handgroße Fische, die auf der Stelle schwammen und nur hin und wieder ihre Flossen bewegten. Auch Rudi hatte die Fische erspäht und sagte stolz: „Jetzt fange ich uns eine Speckjuw". Vorsichtig bückte er sich kopfüber hinunter zum Boden und flugs ergriff er mit einer Hand einen Fisch. Dann tauchte er auf und jubelte: „Ha, ha! Hier eine handgefangene Speckjuw". Er zeigte den Fisch mit erhobener Hand, so dass auch die anderen, die uns zuschauten, seinen Fang bewundern konnten. „Jetzt gibt's Fisch zum Mittagessen", sagte Rudi. „Witzbold", widersprach ihm Reinold. „Sollen wir den Fisch roh essen! Erwin würde sich über den Fisch hermachen. Der schluckt ja auch lebendige Würmer". Rudi musste einsehen, dass er Unsinn geredet hatte und entließ den zappelnden Fisch zurück in sein Element.

XI

„Am besten wir machen uns auf den Heimweg",
riet Otto auf das drohende Gewitter hinweisend. Und
wie die alte Frau es vorausgesagt hatte, kam das Unwetter immer näher zu uns hingezogen. Ursprünglich
hatten wir die Absicht, uns bis zur Mündung der Sieg
in den Rhein treiben zu lassen und dann an Land zu
gehen und am Ufer entlang bis zur Rheinbrücke zu
tippeln. Von dort aus wollten wir dann wieder zum
Schänzchen zurückschwimmen. Doch wegen des auf-
ziehenden Gewitters änderten wir unseren Plan. Wir
schwammen nicht zur Siegmündung, sondern gingen
auf demselben Weg zurück, auf dem wir gekommen
waren. Und das Gewitter kam immer näher. Jetzt
zogen schon schwarze Wolken über uns hinweg und
weit und breit war nichts außer Brachland. Aber was
wir brauchten, war ein Platz zum Unterstellen, und
einen solchen mussten wir schnellstens erreichen. Wir
rannten durch die Sieg Auen und näherten uns der
langen Pappelallee. Auch diese war noch zu durch-
queren, bis wir in Schwarzrheindorf eine Möglichkeit
zum Unterstellen finden konnten.

Doch noch bevor wir die ersten Bäume der Pappelallee erreichten, prasselten schon dicke Tropfen auf
unsere Köpfe hernieder, und allen Warnungen zum

Trotz, bei Gewitter nicht unter Bäumen Schutz zu suchen, blieben wir dort. Alfred, Rudi und Reinold flüchteten unter den erstbesten Baum, für Otto und mich war kein Platz mehr, und so liefen wir weiter zur nächsten Pappel. Dort stellten wir uns an der windstillen Seite hinter den dicken Stamm, der uns etwas Schutz bot vor dem wütenden Sturm, der jetzt tobte. Der Baum wurde vom Sturm kräftig durch gerüttelt und abgebrochene Äste und Zweige fielen hernieder.

Es donnerte und blitzte, und es goss wie mit Kübeln. Schnell hatte der Regen sich einen Weg durch das Blätterdach des Baumes gebahnt und dicke Tropfen fielen hernieder auf meine nackte Haut. Ich fror wie ein junger Hund, da ich nur die nasse Badehose am Körper hatte. Eigentlich bot der Baum jetzt keinen Schutz mehr, aber wir mussten ausharren und schmiegten uns dicht an den Stamm. Zu Hause vom Wohnzimmerfenster aus hatte ich Gewitter schon des Öfteren beobachtet. Dort konnte ich mich in Sicherheit wiegen und musste auch nicht befürchten, vom Blitz erschlagen zu werden. Aber hier draußen im Freien, wo wir dem Unwetter hilflos ausgeliefert waren, war es schon furchterregend. Und so warf ich immer wieder ein wachsames Auge auf die Freunde, die sich an den Schlauch klammerten, damit er vom Sturm nicht weggerissen wurde.

Das Unwetter hatte sich schließlich ausgetobt und auch der Regen war spürbar weniger geworden. Alfred rief: „Wir brechen auf, bevor es wieder losgeht". Und wie auf Kommando rannten wir los, hüpften über die von den Bäumen abgebrochenen Ästen und Zweigen und stapften unter den Pappeln durch Pfützen und Tümpel, die der Regen hinterlassen hatte. Alfred hatte sich des Schlauches angenommen, den Reinold zuvor den ganzen Weg von der Sieg bis hierher getragen hatte. Alsbald erreichten wir Schwarzrheindorf, aber wir brauchten keinen Unterschlupf mehr, sondern wir eilten an der Doppelkirche vorbei und kamen zum Bahnhof der Schmalspurbahn. Dort bahnten wir uns einen Weg an gestapelten Holzstämmen vorbei, die das Bimmelbähnchen aus dem waldreichen Siegerland hierhergebracht hatte. Immer weiter führte die Strecke am Ufer entlang, und sie schien kein Ende zu nehmen. Doch dann sah ich die Doppeltürme der Brücke emporragen. Jetzt brauchten wir eine geeignete Stelle, um von dieser aus auf die andere Rheinseite zu schwimmen.

Der Regen hatte inzwischen ganz aufgehört, und endlich kam auch die Sonne zum Vorschein. Am Horizont leuchtete ein farbenprächtiger Regenbogen. Jeder von uns nahm das Ufer in Augenschein, um den Startplatz für die Rheinüberquerung auszumachen. „Dort drüben ist eine ideale Stelle", sagte Reinold und deutete auf eine Steintreppe, die direkt hinunter zum Fluss führte. Der

Platz war wirklich ideal, aber dort bei der Treppe saß ein Angler, dem wir nicht ins Gehege kommen durften. Der Angler fischte ‚auf Grund‘, wie ich feststellen konnte. Auch Otto hatte dies gesehen und entgegnete auf Reinolds Vorschlag: „Wenn du hier reingehst, kriegst du des Anglers Pose an deine Hose“. Otto wusste, dass ein ‚auf Grund‘ fischender Angler eine über den Grund gleitende, bleibeschwerte Pose benutzt. Wir durften es also keinesfalls wagen, dem Angler zu dicht auf die Pelle zu rücken und es ihm vereiteln, seinen Fang an Land zu ziehen. Apropos Fang: Otto und ich hatten schon des Öfteren erlebt, dass ein ‚auf Grund‘ fischender Angler, anstatt eines fetten Fisches alte Schuhe, rostige Töpfe und sonstigen Müll vom Grund des Flusses herauszog. Über die Unart des heimtückisch weggeworfenen Mülls ärgerten sich die Fischer maßlos.

Für unseren Start mussten wir uns also eine andere Stelle suchen, und wieder war es Reinold, der glaubte, einen geeigneten Startplatz entdeckt zu haben. Er empfahl: „Lasst uns hier starten, dann kommen wir beim Grünen Weg an Land“. Er warf ein am Weg liegendes Holzstück in den Fluss und sagte: „Da schaut hin, mit welchem Tempo das Holz forttreibt“. Ganz unvermittelt sagte Rudi: „Ich schwimme nicht mehr mit. Ich gehe über die Brücke“. Wir alle waren wie vor den Kopf gestoßen. „Wieso denn das! Hast du plötzlich Angst bekommen?“, fragte Alfred. „Nein, ich habe keine Angst.

Ich mag einfach nicht mehr", redete er sich heraus. „Das gibt's nicht! Wir sind zusammen weggegangen, und wir sollten auch zusammen wieder heimkehren", forderte Alfred ihn auf. „Du kannst dich in den Schlauch legen", bot Reinold an und hoffte, ihn damit umstimmen zu können. Doch es half nichts. „Nein, danke. Ich gehe über die Brücke", sagte Rudi entschlossen. „Und wie willst du ohne Geld rüberkommen?", fragten wir alle wie im Chor. „Ich weiß es nicht. Aber ich komme irgendwie rüber". „Doch komme bloß nicht auf die Idee, uns hinterher zu schwimmen", ermahnte ihn Alfred. „Gib mir dein Ehrenwort". „Ja, ich verspreche es. Ich mache keinen Ärger. Also macht's gut", sagte er und verließ uns.

Wir waren nicht glücklich über Rudis Alleingang. „Könnt ihr euch erklären, warum er nicht mitschwimmen will?", fragte Alfred. Reinold vermutete: „Vielleicht will er uns beweisen, dass er ohne Brückengeld rüber kommt". Und ohne länger nach einer bequemeren Stelle zu suchen, rutschten wir die schräge Ufermauer hinunter zum Fluss. Ohne „Zicke zacke zicke zacke, hoi hoi hoi!", sprangen wir hinein. Das Wasser kam mir angenehm warm vor. Vielleicht lag es daran, dass die Lufttemperatur nach dem Gewitter spürbar kühler geworden war. In der Flussmitte sah ich stromaufwärts den letzten Kahn eines Schleppzuges davonziehen. Kein anderes Schiff, das uns behindern könnte, war weit und breit zu sehen. Doch plötzlich rief Reinold: „Dort an der Landungsbrücke, seht ihr den Niederländer. Der kommt uns in die Quere". „Unsinn", entgegnete Otto. „Der ist beim Anlegen. Das ist der liegende Holländer, der immer um diese Zeit anlegt". Otto behielt Recht, denn das niederländische Passagierschiff steuerte zur Landungsbrücke der Nederlands Scheepvaartlijn. „Um diese Zeit sitzen die holländischen Dames und Heeres im Speisesaal beim avondeten", sagte Alfred.

Gänzlich ohne Behinderungen durch Schiffverkehr schwammen wir unserem heimatlichen Ufer entgegen. Eine Gruppe von Kanufahrern kreuzte unseren Weg und riefen uns zu: „Gut Heil!". Ich nahm nun das Bonner Ufer ständig ins Visier und hoffte, vielleicht Rudi dort erspähen zu können. Aber noch war der Abstand zum Ufer zu weit, um in der Ferne bestimmte Personen erkennen zu können. Auch die anderen hatten nicht das geringste Anzeichen von unserem Ausreißer erspäht. Sollte er glatt über die Brücke gekommen sein, dann sitzt auch er jetzt, wie die holländischen Schiffsgäste, beim Abendessen.

Immer weiter arbeiteten wir uns zum anderen Ufer hin. Einer nach dem anderen machte sich einen Spaß daraus, den Schlauch mit wuchtigen Stößen voran zu schubsen. In Höhe des Alten Krans mussten wir uns nochmals kräftig sputen, damit wir von der Strömung nicht zu weit fortgetrieben wurden. Wir wollten unbedingt noch vor der ersten Buhne an Land gehen und nicht wie Reinold meinte, erst beim Grünen Weg. Schließlich hatten wir's geschafft. Mit steifen Beinen watete ich über den Kiesboden ans Ufer. Eine wohltuende Erleichterung umfing mich, endlich wieder festen Boden unter den Füßen zu haben. Zweimal, also hin und zurück waren wir über den Rhein geschwommen, und darauf konnten wir stolz sein.

Zunächst gingen wir heim, um die nassen Badehosen auszuziehen und uns in Straßenkleidung zu werfen. Danach trafen wir uns nochmals, um etwas von Rudis Alleingang zu erfahren. Er müsste ja längst daheim sein. Doch als Alfred bei seiner Mutter nachfragte, wurde ihm gesagt, dass Rudi mit seinen Freunden über den Rhein schwimmen wollte. Zum Abendessen werde er nach Hause kommen. Seine Mutter wusste offenbar nicht, dass Alfred einer von Rudis Begleitern war. Doch um seine Mutter nicht zu beunruhigen, hatte er kein Wort über dessen Alleingang verloren. „Gehen wir ihm entgegen", schlug Alfred vor. „Ich befürchte, dass er ohne Geld nicht herübergekommen ist und noch beim Zollhäuschen wartet". „Ich habe Kleingeld dabei. Ich kann ihn auslösen", sagte Reinold. „Der wird blöd gucken, wenn wir ihn abholen". Doch dazu kam es nicht. Bei der Josefstraße hatte Otto ihn erspäht. „Drüben bei der

Kneipe kommt unser Ausreißer", sagte er. Wir alle waren froh, dass er es geschafft hatte, heil über die Brücke zu kommen. Natürlich wollten wir erfahren, auf welche Weise er es zuwege gebracht hatte.

Wir nahmen Rudi in die Mitte und hörten uns seine Schilderung an: „Zuerst dachte ich an den Straßenbahntrick", begann er, mit zitternder Stimme zu erzählen. „Aber die Bahn war mir vor der Nase weggefahren. Dann habe ich mich vor das Brückenhäuschen hingehockt und wartete lange Zeit auf Fußgänger. Als endlich Leute kamen, sprach ich zwei gutgekleidete Männer an und sagte ihnen: „Ich bin über den Rhein geschwommen und möchte nun über die Brücke nach Hause gehen. Würden Sie mich bitte mitnehmen?" Da lachten die Kerle mich aus und einer entgegnete spöttisch: „Wenn du rüber geschwommen bist, warum schwimmst du nicht auch zurück". Alfred warf ein: „Genau das hatten auch wir dir geraten". Doch Rudi ignorierte Alfreds Tadel und fuhr mit seiner Schilderung fort: „Ich wartete und wartete auf Fußgänger, aber nichts passierte. Als dann endlich ein Pärchen daher kam, war's mir egal. Ich ging mit ihnen zum Brückenhäuschen und tauchte vor dem Schalter unter. Als der Kassierer das Brückengeld von dem Pärchen entgegen nahm, rannte ich davon. Der Kassierer hatte mich jedoch gesehen und rief: „He, komm zurück! Zwei Pfennig". Doch ich rannte weiter. „Zwei Pfennig hat er gerufen?", scherzte Otto. „Ich hätte zurückgerufen: Die kannst du behalten". Doch unser Freund hatte keinen Sinn für Ottos Scherze. Ihm schlotterten die Knie. Er wollte heim. So trennten wir uns und ließen es für heute gut sein.

Am Tag darauf sah ich Rudi zur üblichen Stunde mit der Milchkanne zum Leinpfad gehen. Da ich Futter für unsere vier belgischen Riesen holen musste, rief ich ihm hinterher: „Warte, ich komme mit!" Ich nahm Korb und Messer, um saftigen Löwenzahn und Wegerich zu sammeln, die an den Rabatten des Leinpfads in Hülle und Fülle wuchsen. Rudi war sichtlich erfreut darüber, einen Weggenossen zu haben. Unterwegs erzählte er mir den wahren Grund, warum er gestern gekniffen hatte, mit uns über den Rhein zu schwimmen. „Dir kann ich es ja sagen", begann er. „Ich habe befürchtet, wie Reinold es ja auch gesagt hatte, dass wir von der Strömung bis zum Grünen Weg fortgetrieben werden. Weiß du, was da passiert wäre, wenn das meine Mutter erfahren hätte. Sie hat mir noch ausdrücklich verboten, nicht beim Grünen Weg ins Wasser zu gehen, weil dort Neunaugen sind, die sich an Menschen festbeißen. Davor hatte ich Höllenangst". Bei seinem Geständnis verschlug es mir die Sprache. Doch dann sagte ich ziemlich verärgert: „Davon hast du uns kein einziges Wort gesagt. Es war dir also völlig schnuppe, dass ein Neunauge auch einen von uns hätte beißen können. Ich finde das ausgesprochen mies von dir". „Du hast ja recht", verteidigte er sich. „Aber was sollte ich machen. Ich stehe immer zwischen allen Stühlen. Ihr verflucht mich und meine Mutter verprügelt mich". Nachdem er das gesagt hatte, herrschte lange Zeit tiefes Schweigen. Doch dann sagte ich: „Die Geschichte mit den Neunaugen ist völliger Blödsinn. Diese Kreaturen beißen sich nicht an Menschen fest, höchstens an Fischen. Womöglich machen sie sich auch an Leichen, wie ich gehört habe. Aber lass es gut sein". Daraufhin trennten sich unsere Wege. Er trottete davon, um die Ziegenmilch bei seiner Großmutter abzuholen und ich begann Futter zu sammeln für unsere hungrigen Kaninchen.

XIV

Wir Jungs waren »echte Wasserratten«, sonst hätten wir es nicht gewagt, über den Fluss zu schwimmen. Unsere gute Kondition verdankten wir regelmäßigem und ausdauerndem Training. Im Sommer verging kaum ein Tag, an dem wir nicht zum Schwimmen an den Rhein gingen. Zum sportlichen Schwimmen starteten wir von einem Holzsteg beim Alten Kran, der in früheren Jahren zum Entladen von Frachtschiffen benutzt wurde. Mit Kopfsprung sprangen wir von dort herunter und schwammen stromabwärts bis zur ersten Buhne. Dann zurück über den Sandstrand und weiter über die

Pflastersteine der Werft zurück zum Holzsteg. Alfred brachte einen Wasserball mit, den wir uns bei der Tour gegenseitig zuwarfen. Die jüngeren Jungs, die nicht mitmachen durften, weil ihnen noch die Erfahrung fehlte, im schnell fließenden Strom zu schwimmen, verbrachten derweil die Zeit im seichten Wasser. Doch für die Knirpse war die Verlockung groß, zumindest auf die nächstgelegene Sandbank zu schwimmen. Aber dafür mussten sie eine tiefe Rinne überqueren. Hubert riskierte es einmal und wurde von einer hohen Welle erwischt. Ein Glück, dass Otto in der Nähe war, der ihn schnappte, bevor der Sog des abfließenden Wassers ihn hinaus in die Strömung ziehen konnte.

Die Tücken des Rheines bekam auch ich eines Tages bitter zu spüren. Ich war das Schlusslicht beim üblichen Schwimmen. Plötzlich wurde ich wie von Geisterhand in die Tiefe gezogen. Vergebens strampelte ich mich ab, um an die Oberfläche zu kommen. Doch ich schaffte es nicht und bekam Todesangst. Keine Frage, ich war in einen Strudel geraten. Fast am Ende meiner Kraft, kam ich wie von selbst frei und konnte den Freunden hechelnd hinterherschwimmen. Ich erzählte ihnen, was mir soeben passiert war und zeigte ihnen die Stelle, wo der Strudel mich erfasst hatte. Doch wir konnten nichts Verdächtiges feststellen, was auf einen Wasserwirbel hinwies. Aber vorsorglich hielten wir einen großen Abstand von der vermeintlichen Stelle.

Zu unserer aller Freude hatten wir nicht eine einzige Begegnung mit Neunaugen. Aber ein paar Tage später, beim Schwimmen vom Alten Kran aus, kam ich mit einer widerlichen Sache in Berührung. Direkt vor meinem Gesicht trudelte ein blutverschmierter Wundverband im Wasser. Ekelhaft! Schon seit Tagen war es uns nicht entgangen, dass der Rhein zunehmend verschmutzt wurde. Dass Fracht- und Passagierschiffe ihren Dreck einfach über Bord in den Fluss kippten, wussten wir. Aber es gab noch eine andere Dreckschleuder und diese war gar nicht weit vom Schänzchen entfernt. Bei Niedrigwasser hatten wir sie entdeckt. Aus einem großen Abflussrohr am Boden der Werftmauer, floss das Abwasser der nahegelegenen Klinik ungeklärt in den Rhein. Nachdem wir das beobachtet hatten, bekam unsere Lust, frei und unbekümmert im Rhein zu schwimmen, einen großen Dämpfer.

Aber zum Glück gab's noch die schwimmenden Badeanstalten unterhalb des Alten Zolls, das Rheinbad, wie wir Jungs die beiden Baracken nannten. Eines Tages hatten wir uns dazu entschlossen, in diese Badeanstalt einmal hineinzuschnuppern. Keine Frage, ein solcher Besuch war für uns mit Umständen verbunden. Wir konnten nicht, wie bisher, mal eben in die Badehose schlüpfen und an den Rhein gehen. Zum Besuch der Badeanstalt mussten wir uns ankleiden, genau wie zum Schulbesuch oder wie für einem Bummel durch die Stadt. Überdies brauchten wir das nötige Kleingeld für den Eintritt. Otto hatte eine sichere Einnahmequelle, wie er meinte. Wenn er für Tante Sophie einen Krug Bier beim „Anker" holte, erhielt er oftmals ein kleines Trinkgeld. „Hoffentlich hilft es Tante Sophie noch eine Weile, ihren Ärger mit einem Krüglein Bier herunterzuspülen", sagte er schelmisch". Aber sowohl er wie auch ich schafften es auch ohne Tante Sophies Trinkgeld, denn Mutter hatte immer ein Einsehen und ließ uns nicht auf dem Trockenen sitzen. Alfred, Reinold, Otto und ich machten den Anfang mit einem Besuch beim Rheinbad.

Jeder von uns hatte seine Badehose in ein Handtuch gewickelt und das Eintrittsgeld in den Hosentaschen verstaut. So schritten wir erwartungsvoll zu neuem Schwimmvergnügen in die schwimmende Badeanstalt. Über dem Eingang der nach Geschlecht getrennten Schwimmhallen, sah ich eine schwarze Schiefertafel, auf der mit weißer Kreide die Wassertemperatur angezeigt war. Angenehme 19° Celsius waren es an diesem Tag. Wir schritten vom Ufer aus über einen Steg, der zur Kasse führte, zahlten das Eintrittsgeld und gingen in die für Männer bestimmte Schwimmhalle. Mein erster Eindruck vom Inneren dieser Halle war enttäuschend. Mir erschien darin alles sehr beengt und dunkel. Das Schwimmbecken, das von fließendem Rheinwasser gespeist wurde, erstreckte sich über die Länge der Halle. Das Wasser war sauber, aber nicht klar, eben Rheinwasser. Der im Fluss treibende Unrat wurde draußen an den Rändern der Schwimmhallen mit Gittern und Netzen aufgefangen. An den Längsseiten der Halle waren die Umkleidekabinen für die Badegäste. Außer uns vieren waren nur wenige Besucher anwesend und so konnten wir unbehindert im Wasser herumtollen. Meistens starteten wir am Kopfende des Beckens, schwammen mit der Strömung zu dessen Ende, kletterten dort über eine Leiter hinauf zum Gang und liefen zurück zum oberen Beckenrand, von wo aus wir das Spielchen wiederholten. Nach diesem Besuch war die einhellige Meinung von uns vieren: echtes Schwimmvergnügen bieten die schwimmenden Badeanstalten wirklich nicht.

Nach diesem ersten Besuch ging ich mit Alfred und Otto später noch einige Male dorthin. Als der Badebetrieb wegen zu niedriger Wassertemperatur des Rheins ruhte, besuchten wir das Viktoriabad, die städtische Badeanstalt in der Stadtmitte. Auch hier hatten Männlein und Weiblein, genau wie im Rheinbad, getrennte Schwimmhallen. Ich kannte das Viktoriabad bereits von einigen Besuchen mit meiner Schulklasse. Die Nichtschwimmer unserer Klasse erhielten dort Schwimmunterricht erteilt. Ich selbst machte dort mit Mitschülern die Fahrtenschwimmerprüfung, die drei Disziplinen forderte: 45 Minuten Dauerschwimmen, Springen vom

Dreimeterbrett und Tauchen nach einem Gegenstand, der vom Boden des vier Meter tiefen Beckens nach oben zu bringen war. Wer sich bei der abgenommenen Prüfung qualifiziert hatte, bekam das Schwimmzeugnis ‚Fahrtenschwimmer'. Das Viktoriabad bot noch etwas sehr Angenehmes: Duschen mit warmem Wasser. Das war ein Vergnügen und wir Jungs blieben hin und wieder etwas länger unter der warmen Dusche, als es die vorgeschriebene Zeit erlaubte. Doch die Bademeister achteten mit Argusaugen darauf, dass wir uns dort nicht zu wohl fühlten.

XV

Otto, Hubert und ich drückten noch die Schulbank, aber nach der Schule machten wir uns innerhalb der Familie nützlich. Hubert half der Mutter bei Hausarbeiten und begleitete sie auch beim Einkaufen auf dem Markt. Übrigens, die eingekauften, verderblichen Nahrungsmittel wurden im Keller aufbewahrt, wo sie kühl und frisch blieben. Kühlschränke gab's noch nicht und ebenso unbekannt waren Geschirrspüler und Waschmaschinen. Das Geschirr wurde nach den Mahlzeiten mit der Hand gespült und mit einem Küchentuch abgetrocknet. Zum Wäschewaschen, in der sogenannten Waschküche, stand ein großer beheizbarer

Wasserkessel, der am Waschtag von Otto angefeuert wurde. Dort kam die Kochwäsche hinein und wurde von Mutter mit der Wurzelbürste auf einem rauen Brett geschrubbt. Anschließend wurde sie in kaltem Wasser gespült und auf die Leine gebracht. Brennholz stand immer zur Verfügung, denn Holzhacken war eine von Ottos Lieblingsarbeiten. Ich kümmerte mich um Arbeiten im Garten und rund ums Haus. Täglich besorgte ich frisches Futter für unsere belgischen Riesen.

Abgesehen von diesen kleinen Verpflichtungen hatten wir viel Freizeit zum Spielen. Schwimmen im verschmutzten Rhein stand nicht mehr hoch im Kurs. In den Schulferien erhielten Otto und ich von den Eltern die Erlaubnis, ihren Zweierkajak zu benutzen. Wir hatten uns im Laufe der Zeit die Fertigkeiten von Paddlern erworben und Vater davon überzeugen können, dass wir mit dem Boot sorgsam umgingen. An Sonn- und Feiertagen machten wir Tagestouren, zum Beispiel nach Oberkassel, wohin wir seinerzeit mit Lothar Segeltörns machten. Touren zur Sieg wurden dann unsere beliebtesten Ausflüge. Das Wasser der Sieg war sauber, und das Schwimmen darin machte Spaß. Einmal paddelten wir aus reiner Neugier in einen toten Arm des kleinen Flusses hinein. Unter schattigen Bäumen und an dichtem Buschwerk vorbei, gelangten wir in stehendes Gewässer, das einem stillen Teich ähnelte, und dessen Wasseroberfläche mit grünen Linsenblättchen überdeckt war. Ich hatte das Gefühl, nicht auf Wasser, sondern über eine Wiese zu paddeln. Dass die Linsenblättchen am Paddel haften blieben, störte mich ungemein. Nicht geheuer waren mir auch die Baumwurzeln entlang des dicht bewachsenen Ufers, die mit ihren spitzen Enden aus dem Wasser herausragten. Eine solche Wurzel hätte die leicht verletzbare Haut des Bootes aufschlitzen können, und dann säßen wir in der grünen Brühe.

Schon bei dem Gedanke, darin zu schwimmen, mit klebenden Linsenblättchen in Mund, Augen und Ohren, überlief mich eine Gänsehaut. Und das Schlimmste - ein Leck geschlagenes Boot könnten wir wegen des dichten Buschwerks nicht einmal an Land bringen. Es war purer Leichtsinn, in dieses Gebiet zu paddeln. Hätten wir vorher gewusst, auf was wir uns hier einlassen, dann wären wir ein solches Risiko nicht eingegangen. Wir mussten dieses Gewässer eilends verlassen, und dabei war äußerste Vorsicht geboten. Jeden Ast, der drohend aus dem Wasser herausragte, umschifften wir umsichtig. Ohne Hast bugsierten wir das Boot schließlich aus dem grünen Brei heraus. Erst als wir dann wieder klares Wasser unter dem Kiel hatten, fühlten wir uns erleichtert. Ganz entspannt ließen wir uns stromabwärts zur Siegmündung treiben, bis uns der kleine Fluss in den großen Strom hineinentließ.

Für die Heimfahrt auf dem Rhein wollten wir uns an einen im Schleppverband gezogenen Frachtkahn anhängen, der uns zum Schänzchen zurückbefördern und uns das Paddeln stromaufwärts ersparen würde. Das Glück musste uns nur hold sein und uns einen geeigneten Frachtkahn schicken. Otto und ich hatten beim Andocken an Schleppkähnen viel Erfahrung erworben. Es war ein Manöver, das Schnelligkeit und Geschick erforderte. Um mitgenommen zu werden muss ein Paddler das Beiboot am Heck des Lastkahns erwischen und dazu ist es erforderlich, zügig ins Kielwasser zu paddeln. Er hat nur eine Chance es blitzschnell zu ergreifen, sich längsseits ans Beiboot heranzuziehen, und die Freifahrt konnte beginnen.

Für einen Schwimmer ist es zu schwierig, ein Beiboot zu erwischen. Er muss zu einen tief im Wasser fahrenden Schleppkahn schwimmen, sich mit den Händen an die Bordkante klammern und mit einem Klimmzug und mit Hilfe der Strömung an Bord spülen lassen. Hatte der Schwimmer das Glück, vom Schiffer nicht weggescheucht zu werden, konnte er frank und frei mitfahren.

Bei der Siegmündung war weit und breit kein Schleppdampfer zu sehen, wohl aber ein Floß in der Länge eines halben Fußballplatzes, das an uns vorüberdriftete. Von diesen schwimmenden Baumstämmen muss jedes Schiff einen gebührenden Abstand halten. Auch wir ließen das Floß mit weitem Abstand an uns vorübergleiten. Als es außer Sichtweite war, konnten wir den Horizont beobachten. Otto gewahrte in der Ferne die Schornsteine eines Raddampfers und sagte: „Da kommt unser Taxi". Und tatsächlich, in Höhe von Graurheindorf dampfte ein Schleppzug heran. Wir paddelten gemächlich weiter stromaufwärts, bis er uns eingeholt hatte. Und dann, als er mit uns auf gleicher Höhe fuhr, war der Augenblick gekommen, an die Schleppkähne heranzupaddeln. Den ersten tief im Wasser liegenden Schleppkahn ließen wir vorüberziehen. Auch der nachfolgende interessierte uns nicht, aber der dritte, ein hoch aus dem Fluss ragender Kahn, war genau richtig, unser Taxi zu werden. Otto wendete unseren Kajak und ließ ihn längsseits am Schleppkahn vorbeitreiben. Dann beim Heck, in seinem Kielwasser, sputeten wir mit kräftigen Paddelschlägen zum Beiboot. Ich streckte schon meine Hand danach aus, um es zu ergreifen, doch dann - es wurde mir vor der Nase hinweggezogen. Verblüfft schaute ich zum Schiffsheck hoch und sah in das hämisch grinsende Gesicht eines Mannes, der das Seil des Beibootes in seiner Hand hielt. Ihm war anzusehen, dass es ihm höllischen Spaß gemacht hatte, uns zu foppen.

Natürlich waren wir in der Strömung schnell davongetrieben und mussten jetzt kräftig paddeln, um nicht mit der herunterhängenden Stahltrosse zum nachfolgenden Schleppkahn zu kollidieren. „So ein Fiesling, dieser

Franzose", schimpfte Otto und ich dachte das gleiche. Rheinschiffer waren an sich freundliche Menschen, und Wassersportler waren für sie keine Plage. Ich hatte des Öfteren gesehen, dass auf Schleppkähnen Wassersportler sogar auch mit ihren Booten befördert wurden. Hätten wir die schmutzige Trikolore des unfreundlichen Schiffers vorher gesehen, dann wären wir erst gar nicht auf den Gedanken gekommen, bei einem Franzmann anzudocken. Franzosen ließen uns Deutsche immer wieder spüren, dass sie den Krieg gewonnen hatten.

XVI

Schöne Ausflüge machten Otto, Hubert und ich auch mit unserer Familie. Unserem Vater machte Wandern Spaß und an manchen Sonntagen gingen wir mit Rucksack und Proviant versehen auf Wanderschaft. Das Siebengebirge mit allen seinen sieben Bergen lernten wir nach und nach auf Schusters Rappen kennen. Mit einem solchen Ausflug war vorher immer eine Schiffsfahrt auf einem Köln-Düsseldorfer nach Königswinter verbunden. Zum Kottenforst fuhren wir mit der Eisenbahn bis zur Station Kottenforst. Die Attraktion war dort die Wundertanne und die tausendjährige Eiche. Bei einem kleinen Bach zeigte uns Vater wie man aus Zweigen und Baumrinden ein Wasserrädchen bauen kann. Mit seinem Taschenmesser schnitt er vier Zweige auf die gleiche Länge. Von Baumrinden schnitzte er vier gleiche Stücke für die Schaufelblätter. Für die Nabe des Wasserrädchens nahm er eine dickere Rinde und bearbeitete sie in die passende Form. Danach wurden alle Teile fest zusammengesteckt und fertig war das Wasserrädchen. Nun fehlte nur noch der Träger für das Rädchen. Dieses bastelte er aus zwei Astgabeln, fixierte sie im Bachlauf und setzte das „Mühlrädchen" darauf. Schon drehte es sich im fließenden Wasser des Baches munter drauflos, dass es eine wahre Freude war, zuzuschauen.

An manchen Sonntagen wanderten wir mit der ganzen Familie auf die Bonner Stadtberge, den Venusberg und den Kreuzberg. Bei einem solchen Ausflug fand auch immer eine Einkehr bei der „Casselsruhe" oder der „Waldesruh" statt. Während die Eltern sich auf ihre Art erfreuten, vertrieben wir Jungs uns die Zeit auf den Spielplätzen. Zwischendurch gab's als Erfrischung Eiscreme oder Limonade. Auf dem Kreuzberg besuchten wir gezielt die Kapelle mit der heiligen Stiege, die man nur kniend besteigen darf. Für Otto, Hubert und mich war es ein leichtes Spiel, die Stiegen in einem Rutsch kniend emporzuklimmen. Das war jedoch nur dann möglich, wenn keine anderen Besucher anwesend waren. Einmal kniete eine ältere Frau auf einer Stiege vor uns und rührte sich lange Zeit nicht von der Stelle. Da wir drei jedoch weiter nach oben wollten, krochen wir, einer nach dem anderen, an der Frau vorbei. Als ich sie überholte, bemerkte ich, wie sie mir böse Blicke zuwarf. Gewiss, auf der scala santa müssen die Leute nicht nur das Gebot, kniend zum Altar emporzusteigen befolgen, sondern manche nehmen diese Gelegenheit auch wahr, um auf jeder der 28 Stufen andächtig zu beten.

Auch mit der Schulklasse wurden wunderschöne Ausflüge unternommen. Das Schullandheim auf dem Aremberg beherbergte uns Schüler in einer landschaftlich wunderschönen Region der Eifel. Unsere Schulklasse konnte dort eine ganze Woche lang verbringen. Vormittags fand der Unterricht in entspannter Art und Weise statt. Nachmittags wanderten wir durch Feld und Wiesen oder einen kühlen Wald, ein Nachmittag stand uns zur freien Verfügung. Während ich mit gleichgesinnten Freunden auf dem Fußballplatz spielte, amüsierten sich andere Schulfreunde beim Spiel Räuber und Gendarm. Dabei war ein Getreidefeld, das an den Fußballplatz grenzte, der ideale Irrgarten um sich darin zu verstecken. Als wir Fußballer zum Landheim gingen, sahen wir große Teile der erntereifen Frucht des Getreidefeldes zertrampelt am Boden liegen. Das konnte nicht gut gehen. Beim Abendbrot im Speisesaal, als alle versammelt waren, kam der Landheimleiter an den Tisch unseres Studienrates. Ich saß am Tisch nebenan und hörte, was er sagte: „Herr

Doktor, draußen ist ein Landwirt, der darum bittet, Sie zu sprechen". Mir ging ein Licht auf. Ah ha, das Spiel der Kameraden im Weizenfeld. Unser Lehrer musste wohl für den entstandenen Schaden aufkommen, auf Grund versäumter Aufsichtspflicht.

Bei einer anderen Eifeltour mit der Schulklasse ging es zu Maaren. Es war im Hochsommer, als wir in gleißender Hitze am Toten Maar vorbei kamen und im Schatten der kleinen Kapelle eine kurze Rast machten. Unser Ziel war jedoch das Pulvermaar, das wir auch am Nachmittag nach einem strammen Fußmarsch erreichten. Bei der Ankunft an diesem Maar wäre jeder von uns am liebsten ins kühle Nass hineingesprungen, doch unser Lehrer erlaubte es nicht. „Es ist gefährlich, überhitzt ins eiskalte Wasser zu steigen", belehrte er uns. Ich zog daraufhin meine verstaubten Schuhe und Socken aus und ließ nur meine Füße im eiskalten Wasser baumeln. Der Lehrer, der sich zu mir hinsetzte, rollte seine Hosen bis zu den Knien hoch und streckte ebenfalls seine Füße ins Wasser. Dabei erblickte ich sein verkrüppeltes Bein und zuckte entsetzt mit den Augen, was ihm nicht entgangen war. Darauf sagte er zu mir: „Ja, das ist ein Andenken an den Krieg (gemeint war der Weltkrieg Vierzehn/Achtzehn). Hoffentlich werden wir Derartiges nie wieder erleben". Doch die Hoffnung des Lehrers ist eine Hoffnung geblieben.

XVII

Otto und ich hatten die Absicht, an diesem Nachmittag zum Warenhaus Leonhard Tietz zu gehen, um die neue Eisenbahnausstellung zu erleben. Auf dem Weg dorthin trafen wir David, einen Jungen in unserem Alter, der eine andere Schule besuchte und den wir nur vom Sehen her kannten. Er wohnte in einer ans Schänzchen angrenzenden Straße, kam aber nie an den Rhein, um mit uns zu spielen. Seine Mutter war eine zierliche Person, die stets elegant gekleidet war. Vorwiegend trug sie geblümte Seidenkleider, was ihr bei den Frauen in der Nachbarschaft den Spitznamen Seidenäffchen eingebracht hatte. David war ein Stück des Weges mit uns gegangen. Otto wollte wissen, ob auch er zu Tietz gehe, um sich die neue Eisenbahnanlage anzuschauen. David riss die Augen weit auf und erwiderte: „Davon weiß ich gar nichts. Nein ich gehe nicht dorthin, schade. Ich muss in die Apotheke am Wilhelmsplatz". Unser Weg führte an der Apotheke vorbei und so sagte ich zu ihm: „Dann können wir ja ein Stück des Weges zusammen gehen".

Otto schwärmte immer noch von einem Kasperletheater und teilte dem Jungen unser Vorhaben mit: „Weißt du, bei Tietz schauen wir uns auch die Kasperlefiguren an. Demnächst spielen wir Kasperletheater. Mein Bruder hat schon ein spannendes Stück geschrieben und ich male die Kulissen". David strahlte: „Das finde ich ja großartig. Ich besitze selbst Handpuppen und bei uns im Keller steht auch eine Bühne. Zwar habe ich schon lange Zeit nicht mehr gespielt, aber wenn ihr Lust habt, räume ich den Keller auf und spiele für euch etwas". „Natürlich haben wir Lust", antworteten wir gemeinsam. „Aber was ist mit unseren Geschwistern und Freunden. Können wir diese auch mitbringen?", erkundigte sich Otto. „Aber gewiss. Wenn es nicht zu viele sind, denn der Keller ist sehr klein". Wir zählten an den Fingern die infrage kommenden Zuschauer ab. „Ein gutes Dutzend sind es bestimmt", sagte Otto. „Das ist gut", meinte David. „Sagt mir Bescheid, wann ihr kommen könnt. Und noch etwas. Wie haltet ihr es mit einem kleinen Eintrittspreis, sagen wir fünf Pfennig von jedem, den ihr anbringt?" „Ja, das lässt sich machen", versprach Otto in seiner zuversichtlichen Art. „Wir sagen dir Bescheid. Du kannst schon alles vorbereiten".

Beim Wilhelmsplatz trennten sich unsere Wege. David ging in die Apotheke hinein, Otto und ich tippelten weiter zur Innenstadt. Bevor wir ins Warenhaus gingen, sagte ich zu Otto: „Ich laufe noch schnell zum Zeitungskiosk rüber. Mutter hat der Kioskfrau erzählt, dass ich Englisch lerne. Darauf schenkte sie mir einen englischen Groschenroman und sagte: „Wenn du wieder in der Stadt bist, komm' vorbei. Ich habe immer 'ne englische Zeitung übrig". So ging ich zum Kiosk und hatte Glück. Die Verkäuferin gab mir mit den besten Grüßen an Mutter eine englische Tageszeitung von der vergangenen Woche.

Mit der Zeitung unterm Arm betrat ich mit Otto das Warenhaus. Auf dem Weg zur Spielwarenabteilung schlenderten wir durch die Abteilung für Haushaltswaren, um uns nach einem kleinen Geschenk zu Mutters Namenstag umzusehen. Dort wurde ich auf eine englisch sprechende Frau aufmerksam, die vergebens versuchte, der Verkäuferin ihre Kaufabsicht verständlich zu machen. Es klappte nicht zwischen den beiden, was mich ermutigte, zu helfen. Doch Otto stieß mich an, um mir damit anzudeuten, mich nicht einzumischen. Dennoch, die Sache reizte mich und ich fragte die Verkäuferin, ob sie einverstanden sei, dass ich dolmetsche. Sie musterte mich von oben bis unten und willigte schließlich ein. „Dann frag doch mal die Frau, was sie eigentlich will". Daraufhin wandte ich mich an die Engländerin, die sich zunächst über mein Auftreten wunderte. Ich fragte höflich: „Excuse me, Madam. May I help translating?" Die Engländerin wunderte sich jetzt erst recht, hier im Geschäft von einem Kind in Englisch angesprochen zu werden. Doch dann entgegnete sie erfreut: „Oh yes boy, what I really like to buy is a bälleblabla". Ich hatte nicht verstanden, was sie wünschte und sagte: „I beg your pardon, madam. I didn't understand. Please say it again". „Well, just a bälleblabla". Ich hatte abermals nicht kapiert, was die Frau wünschte und das war mir außerordentlich peinlich. Ich musste vor Scham einen roten Kopf bekommen haben und wäre am liebsten im Boden versunken. Otto stupste mich an und sagte: „Die Frau wünscht eine Ballerina". Und indem er das sagte, hielt er eine Hand über seinen Kopf und drehte sich wie eine Tänzerin im Kreis herum. „Yes, a ballet dancer, that's it. Exactly!"

Die Verkäuferin hatte das Gespräch ärgerlich verfolgt und jetzt den Kaufwunsch der Kundin ebenfalls verstanden. Sie informierte die Engländerin ziemlich kurz angebunden: „Tiss wie häff not. Tut mir leid". Und an mich gewandt, sagte sie schnippisch: „Ich hätte unseren Dolmetscher gerufen, wenn du dich nicht eingemischt hättest". Ja, so kann es einem ergehen, wenn man glaubt, in bester Absicht zu handeln. Zugegeben, ich hatte mir von meinem Dolmetschen ein Erfolgserlebnis versprochen. Und nun diese Abfuhr! Jedenfalls schwor ich hoch und heilig, mich niemals mehr ungefragt in die Angelegenheiten anderer Leute einzumischen. Otto dagegen war höchst vergnügt. Er war es ja auch, der den Kaufwunsch der Frau kapiert hatte, obwohl er sich mit der englischen Sprache kaum befasste. „Wer von uns beiden war nun der Dolmetscher?", scherzte er. „Woher kennst du überhaupt das Wort Ballerina?", fragte ich ihn. „Ich habe es vorher nie gehört". Darauf antwortete er stolz: „Von meiner Freundin kenne ich das Wort. Kürzlich sagte sie mir, sie wolle einmal eine Ballerina werden. Als ich sie fragte, was denn Ballerinas so machen, hat sie mich ausgelacht und mir einen Vortrag über das Ballett gehalten. ,Erstens' sagte sie, ,heißt die Mehrzahl von Ballerina nicht Ballerinas, sondern Ballerinen. Zweitens. Eine Ballerina ist eine Tänzerin in einem Ballett'. Wie du siehst, warst du nicht der Erste, der sich blamiert hat".

Was für ein schwacher Trost, dachte ich und fragte: „Wer ist denn deine Freundin?" „Die Marianne, natürlich", erwiderte er stolz. Marianne war ein blendend gut aussehendes Mädchen, aber einige Jahre älter als mein Bruder. Vielleicht wollte er mit dem hübschen Mädchen auch nur angeben. „Wirst du die Marianne auch fragen, ob sie zum Kasperletheater mitkommt?", wollte ich von ihm wissen. „Ich werde mich hüten. Als Zuschauerin ganz gewiss nicht. Eher zum Mitspielen als Prinzessin, Hexe oder Maritzebill. Jedenfalls werde ich unser Vorhaben bei ihr erwähnen". Wie vorgesehen gingen wir nun noch in die Spielwarenabteilung zur Eisenbahnausstellung. Doch den Reinfall mit meinem missglückten Dolmetschen konnte ich nicht vergessen. Mit meinem Schulwissen, dachte ich, ist in der Welt der Erwachsenen offenbar nicht viel auszurichten.

Den Heimweg vom Warenhaus nahmen Otto und ich wieder über den Stiftsplatz und wurden Zeugen eines Streites unter drei sich zankenden Burschen. Wir waren stehengeblieben, um zu hören, worüber gestritten wurde. Zwei gegen einen, das war sofort zu erkennen. Die Zwei ärgerten den Sohn des Pferdemetzgers: „Was ist mit dem alten Gaul", fragte der ältere der beiden. „Habt ihr schon Wurst aus ihm gemacht?" Der andere ärgerte ihn immer wieder mit: „Hü hopp, hü hopp, hüüh!". Der gefoppte Metzgerssohn bat inständig: „Hört doch auf mit dem Quatsch!" Aber die zwei dachten überhaupt nicht daran, aufzuhören, sondern machten weiter. Der ältere Zänker setzte noch einen drauf und wieherte wie ein Pferd. Nun wurde es dem Gequälten zu bunt und wütend rief er: „Ihr seid doch blöd. Wenn ihr mich nicht in Ruhe lasst, dann stippe ich euch meinen Arsch raus"! Danach lief er in die Pferdemetzgerei und machte so dem „Spiel" ein Ende. Die zwei Zänker rieben sich die Hände vor Freude: „Dem haben wir's einmal gezeigt", sagte der ältere.

Das Geschehen hatten wir alsbald vergessen. Daheim kümmerten wir uns sofort um Davids Kasperle-Vorstellung. Alfred, Rudi und Reinold, hatten eigentlich keine Lust auf Kasperletheater. Dennoch machten sie mit, Otto zu Liebe. Reinold meinte: „Mich interessiert, was der Judenjunge für uns spielen wird. Auf der Straße spielt er nicht mit uns. Er geht auf eine andere Schule und in eine andere Kirche, die sie Tempel nennen. Eigentlich wissen wir gar nichts über ihn". Otto erwiderte darauf: „Was nicht ist, kann ja noch werden. Du gehst doch auch nicht wie wir in die Stiftsschule und nicht in die Stiftskirche". Doch Reinold ließ dies nicht gelten und sagte: „Die Juden sind anders, glaub' mir. Lernt ihr in der Schule denn nicht, dass es die Juden waren, die Christus ans Kreuz genagelt haben?" Reinolds Worte machten mich nachdenklich. Gewiss, die Passionsgeschichte, die unser Pfarrer in der Schule lehrte, hat mich immer zutiefst berührt. Doch über Religion haben wir Jungs nie gestritten. Zwar nannten Katholiken unsere evangelischen Spielkameraden wie Reinold, auch schon mal Blauköpfe. Umgekehrt nannten die evangelischen Freunde die Katholiken Kreuzköpfe. Aber dies geschah höchst selten und war nie böse gemeint.

Jedenfalls wollte David für uns Kasperletheater spielen und das sogar bei sich daheim. Hubert hatte seine Freunde begeistern können, die gern dabei sein wollten. Hansi und Zirjack hatten ihre Schulkameraden und deren Geschwister ebenfalls für Davids Vorstellung mobilisiert. Insgesamt hatte Otto von sechzehn Jungen und Mädchen eine Zusage bekommen. Nach dem Mittagessen ging ich zu David, um ihn wissen zu lassen, dass wir am Samstag gern zu ihm kämen. „Am Samstag", äußerte David verlegen. „Am Samstag geht's leider nicht. An jedem anderen Tag seid ihr willkommen, aber am Samstag geht es nicht". „Nun, uns wäre sicher auch der Montag recht. Sagen wir also am Montag um drei Uhr", schlug ich vor. „Ja, das passt mir", sagte David. Ich musste nun die Kinder für den neuen Termin umstimmen, was jedoch keine Probleme verursachte. Doch als ich Reinold verständigte, dass David am Samstag, wie zuerst vorgeschlagen, nicht spielen könne, antwortete er: „Das hätte ich dir vorher sagen können. Auch am nächsten Samstag wäre nichts daraus geworden. Der Samstag ist der Sabbat. Da läuft bei Juden nichts außer Beten". Von solchen Riten hatte ich vorher nichts gewusst. Doch Reinolds Lehrstunde nahm ich mir zu Herzen und hoffte, David werde es mir nicht krummnehmen, dass ich sein Kasperletheater spielen an einem Sabbat vorgeschlagen hatte.

Wie abgesprochen, trafen wir alle zum vereinbarten Termin bei David ein. Wir waren unserer fünfzehn Jungen und Mädchen. David führte uns von der Haustüre aus über einen langen Flur zur Kellertreppe. Von unten fiel fahles Licht auf die Treppenstufen und im Gänsemarsch gingen wir vorsichtig die schmale Steintreppe hinunter. Durch die offene Tür betraten wir einen kleinen Raum, der nur schwach beleuchtet war. Im Hintergrund war die Bühne zu sehen und daneben an der Kellerwand brannte eine Gasflamme, die den Raum in diffuses Licht tauchte. David fragte Otto: „Sollen wir die Mädchen getrennt von den Jungs hinsetzen wie das bei euch in

der Schule üblich ist? Ich will keinen Fehler machen".
„Alles ist gut", beruhigte ihn Otto. Nachdem alle Jungs
und Mädchen auf Kisten, Schemeln und dem Fußbo-
den Platz gefunden hatten, legte David los. Das Stück
nannte er „Kasperle und der Riese Akubar". Der Riese
entführte kleine Kinder aus der Stadt und sperrte sie in
einen dunklen Turm. Weder Polizist noch Soldat konnten dem Treiben des Riesen Einhalt gebieten. Dann trat
Kasperle auf und verprügelte den Riesen nach Strich
und Faden, so dass er sich nicht erheben konnte und
um Gnade flehte. Kasperle befreite die Kinder aus dem
Turm und sperrte den Riesen darin ein. Da war die Welt
wieder in Ordnung. David machte die Vorstellung ganz
ausgezeichnet. Er ließ die geraubten Kinder kläglich
heulen, den Polizisten gebieterisch röhren und den Soldaten fürchterlich fluchen und wie einen Betrunkenen
hin und her torkeln.

David hatte die Kinder von Anfang an in sein Spiel
einbezogen, so dass sie die Handlung mit flehenden
Bitten und zustimmenden Rufen verfolgen konnten.
Nach der Aufführung sagte jeder: „Das war prima,
David. Das hat uns Spaß gemacht. Wann wirst du noch
mal für uns spielen?" David war über die hervorragende
Resonanz sichtlich erfreut und sagte, dass es auch ihm
selbst Freude bereitet habe. Er werde sich ein neues
Stück überlegen und sobald es fertig sei, werde er Otto
benachrichtigen. Doch Otto hatte eine andere Idee: „Ich

habe einen anderen Vorschlag", sagte er zu David „Wir wissen schon, was wir spielen können. Lass uns doch die nächste Aufführung bei uns zu Hause machen. Du müsstest uns allerdings deine Figuren leihen, denn wir haben ja noch keine kaufen können. Bei uns zu Hause können wir doppelt so viele Zuschauer unterbringen". David hustete verlegen und erwiderte: „Da werde ich die Erlaubnis meiner Mutter brauchen. Aber es wird in Ordnung gehen. Ich sage euch Bescheid". Otto war zuversichtlich, dass Davids Mutter einwilligen werde und nach der Schule nahm er sich die bereits gemalten Kulissen nochmals vor, um ihnen den letzten Schliff zu geben.

Zwei Tage waren schon verstrichen und David hatte nichts von sich hören lassen. „Wir sollten zu ihm gehen und ihn erinnern. Er kann uns doch nicht vergessen haben", sagte Otto zu mir. Er rollte seine Kulissen zusammen, um sie ihm zu zeigen, damit er sich davon überzeugen konnte, dass wir bereit waren, sofort loszulegen. Doch bei David öffnete niemand die Tür. „Vielleicht ist er mit der Familie verreist", mutmaßte Otto. „Aber es sind doch keine Schulferien", entgegnete ich. „Wer weiß. Vielleicht machen diese Leute Ferien zu einer anderen Zeit. Versuchen wir's morgen". Als wir uns am nächsten Tag erneut aufrafften, um David aufzusuchen, begegneten wir unserem Freund Reinold: „Zu David wollt ihr gehen", sagte er unser

Anliegen wiederholend. „Den könnt ihr vergessen. Die Familie ist weggezogen. Unser Nachbar, der dicke Felix, hat gesehen, dass die Leute mit Sack und Pack ausgezogen sind. Nach Berlin seien sie gezogen", sagte er. „Das kommt mir aber ziemlich komisch vor", stellte Otto ärgerlich fest. „Vor drei Tagen hat er von Wegziehen kein Wort verloren. Ja, dann können wir unser Kasperletheater vorerst an den Nagel hängen".

Ottos Enttäuschung über Davids plötzlichen Wohnungswechsel kam für Reinold offenbar wie gerufen, denn er sagte: „Ich gehe gerade zur Jungschar. Kommt doch mit. Da gibt's tolle Spiele. Wir lernen neue Lieder und in den Schulferien machen wir schöne Ausflüge. Demnächst geht's mit dem Schiff nach Köln, wo auch der Besuch des Hänneschen-Theaters vorgesehen ist". Hänneschen-Theater - das war das Stichwort für Otto. Da war er sofort dabei: „Ich komme mit", sagte er spontan. Ich wollte die Jungschar ebenfalls kennenlernen und schloss mich den beiden an. Gemeinsam gingen wir zu Reinolds Schule, wo er uns dem Leiter der Jugendgruppe vorstellte. Wir wurden freundlich aufgenommen und mit den anwesenden, gleichaltrigen Jungs bekannt gemacht. Im Kreise der neuen Freunde verbrachten wir nicht nur an diesem Tage schöne Stunden mit Spielen und Singen.

Bei einem erneuten Treffen erfuhren wir vom Leiter der Jugendgruppe: „Jungs, am kommenden Sonntag machen wir einen Ausflug mit dem Schiff. Wir fahren nach Unkel am Rhein und wandern zur Burg Felseck", sagte er. Er erinnerte auch daran, dass die Jungschar bei ihren Ausflügen eine Uniform trage und bat darum, dass wir uns entsprechend kleideten. Proviant brauchten wir nicht mitzubringen. Für unser leibliches Wohl werde die Kirche sorgen. Otto und ich wollten die Reise gern mitmachen. Wir kannten weder die Burg Felseck noch den Ort Unkel. Unsere Eltern wussten, dass wir bei der Jungschar in guter Gesellschaft waren und wir beide erhielten die Erlaubnis, die Fahrt mitzumachen. Auch die Uniform der Jungschar, die azurblauen Hemden, die rosafarbenen Halstücher und die Lederknoten besorgte uns Mutter. Schwarze Kniehosen, die ebenfalls Bestandteil der Uniform waren, mussten nicht extra gekauft werden, denn solche Hosen trugen wir Jungs das ganze Jahr hindurch.

XVIII

Als ich an diesem Herbsttag, aus der Schule kam, lag noch dichter Nebel über dem Fluss, und auch der mächtige Schaufelbagger, der den lieben langen Tag

Kies und Schlamm aus der Fahrrinne beförderte, war noch völlig vom Nebel umhüllt. Seine Anwesenheit verrieten nur die Geräusche, wenn der ausgebaggerte Kies prasselnd in die mitgeführte Schute gekippt wurde. Später, als sich der Nebel verzogen hatte, gingen wir an den Rhein, um Steinchen hüpfen lassen. Alfred, Hubert, Otto, Reinold, Rudi und ich waren an diesem Tag mit von der Partie. Für dieses Spiel besorgte sich jeder von uns möglichst runde, flache Kieselsteine, die am Ufer zu Haufen herum lagen. Für das Werfen hatten wir uns eine bestimmte Technik angeeignet. Man nahm den Stein zwischen Daumen und Zeigefinger und gab ihm beim blitzschnellen Abwurf noch einem kleinen Dreh mit auf den Weg. Auf diese Weise schaffte jeder von uns, einen Stein bis zu fünf Mal tanzen zu lassen. Damit das Spiel einen größeren Anreiz bekam, einigten wir uns aufs Wettwerfen. Jeder von uns suchte fünf flache und möglichst abgerundete Steine für seine Würfe. Vier davon steckte sich jeder in seine Hosentasche und den fünften behielten wir in der Hand. Dann durfte einer nach dem anderen seine Steine hüpfen lassen. Wer die meisten Hüpfer zustande brachte, war der Sieger. Bis zum dritten Durchgang hatte jeder fünf Hüpfer geschafft, ausgenommen Alfred, er hatte es einmal auf sieben Hüpfer gebracht. Im Verlauf des weiteren Spiels, gelang es keinem anderen, sieben Hüpfer zu erreichen. Alfred war also Sieger und verriet uns seinen Trick. Er benutzte schwerere Steine und nicht, wie wir anderen, immer nur leichte. Auf diese Idee muss man erst einmal kommen. Doch eine Garantie ist es nicht, dass man mit schwereren Steinen stets mehr Hüpfer erzielen kann. Es gehörte auch immer eine Portion Glück dazu.

Bei schönem Wetter kamen im Herbst viele Leute ans Schänzchen, um ihre Windvögel steigen zu lassen. Am Rhein wehte zu dieser Jahreszeit eine frische Brise und es gelang, einen Drachen ohne gegen den Wind zu laufen, aufsteigen zu lassen. Sobald man ihn aus der Hand losließ, schoss er an der Schnur pfeilgeschwind in die Höhe. An manchen Tagen tändelten dutzende von Windvögeln über dem Rhein, darunter auch Kastendrachen, die wir Jungs Nachtkommödchen nannten. Unsere eigenen Windvögel bastelten wir aus einfachem Material. Beim Tietz kauften wir Kordel und Papier, beim Metzger Wurststäbchen, von denen ein langes und ein kurzes zu einem Kreuz fest verschnürt wurden. Die vier Enden des Kreuzes wurden ebenfalls mit Kordel fest verbunden, um einmal das Kreuz zu stabilisieren und zum anderen eine Auflage zu schaffen, um darauf das zugeschnittene Papier zu verkleben. Als Kleber nahmen wir Eiweiß oder Mehlpapp, was wir uns von Mutter erbettelten.

An einem Regentag, als wir uns in Großvaters Werkstatt versammelt hatten, bekamen wir Besuch von einem Jungen der Jungschar. Wir nannten ihn Jüppchen, obwohl er Wert darauf legte, mit seinem Namen Josef angesprochen zu werden. Josef sah sich bei uns in der

Werkstatt um und riss die Augen weit auf, als er erlebte, was wir Jungs in diesem Raum alles machen konnten. Er beteiligte sich beim Klettern am dicken Seil, das aus der Bodenluke bis hinunter in den Werkstattraum baumelte. Er bestaunte unsere Flitzer für das Seifenkistenrennen und unsere Art, Windvögel zu basteln. Aber schließlich wollte er etwas Eigenes zum Besten geben, verriet aber nichts von seinem Vorhaben. Wir alle waren natürlich sehr gespannt darauf, was er in petto hatte. Ich selbst dachte, das Geheimnis liegt sicher in dem Pappkarton, den er mitgebracht hat. Doch den Pappkarton schob er beiseite und holte von einem Holzstapel ein kurzes Brett und legte es auf die Hobelbank. „Aha", sagte Otto, Jetzt wird gezaubert".

Doch dem war nicht so. Josef nahm aus dem Pappkarton eine weiße Tischdecke heraus und breitete sie auf dem Brett aus. Darauf stellte er einige aus Silberpapier geformte Gegenstände, die Tellern und Trinkgefäßen ähnelten. Wir alle rätselten, was das wohl werden soll. Reinold ließ seinen Gedanken freien Lauf und sagte: „Passt auf! Josef hält gleich 'ne Büttenrede!" Alfreds Kommentar dazu: „Karneval ist doch längst vorbei". Doch Josef ließ sich nicht ablenken, nahm ein weißes Hemd aus dem Karton und streifte es sich über. Dann sagte er: Wir spielen Kirche. Ich bin der Pastor und ihr seid die Gemeinde". „Was für ein Spiel soll denn das werden?", warf Alfred missgestimmt in die Runde. „Lass' ihn doch gewähren", meinte Reinold, worauf ihn Otto fragte, ob er die Absicht habe, den Messdiener zu spielen. Da schaltete sich Josef ein und sagte: „Nein, ich mache alles allein, ohne Messdiener". Doch Otto hakte nach und fragte: „Hast du auch Gesangbücher mitgebracht?" Josefs Antwort: „Wir werden nicht singen". „Das ist aber schade", bedauerte Otto. „Bei der Jungschar singen wir doch so schöne Lieder. Darum beneiden uns sogar die Jungs vom Collegium Albertinum". „Können wir jetzt anfangen?", fragte Josef etwas ungeduldig und schlüpfte in seine Rolle als Priester. Wir, die Gemeinde, machten gute Miene zu seinem komischen Spiel, was keinem so richtig behagte.

Dem Josef war es natürlich nicht entgangen, dass wir sein Tun missbilligten. Er hätte sein Vorhaben abbrechen können, doch offenbar glaubte er, uns bei guter Laune halten zu können, wenn er sein Spiel abkürzt. So kam er sofort zur ‚Kommunion' und gab jedem ein Pfefferminzbonbon, das wir in den Mund stecken sollten. Otto sagte wirsch: „Mit diesem Spiel kannst du mir gestohlen bleiben!" Doch in versöhnlichem Ton erklärte Alfred dem „Pastörchen": „Weißt du, solche Spiele machen wir nicht. Wie du gesehen hast, bauen wir Windvögel. Wenn du mitmachen willst, bist du willkommen". Doch Josef fühlte sich gekränkt und packte seine Sache zusammen. Rudi, der die ganze Zeit über geschwiegen hatte, mischte sich jetzt ein und behauptete: „Mir hat Josefs Spiel gut gefallen. Das ist doch mal was anderes". Zu Josef sagte er: „Ein paar Pfefferminzbonbons kannst du mir hier lassen". Josef zeigte sich großzügig und gab ihm die ganze Tüte. Dann verließ er schweigend die Werkstatt. Nie habe ich ihn wiedergesehen.

IXX

Wie es seinerzeit üblich war, spielten wir Jungs auch auf der Straße. Parkende Autos auf den Straßen und vor den Häusern, auf die wir hätten Rücksicht nehmen müssen, gab's hier nicht. So konnten wir unbehindert mit Klickern spielen oder den Dilledopp über die Straße peitschen. Spaß machte auch Land abstecken und das Schlagen von angespitzten Holzkeilen. Beim Landabstecken hatte sich Rudi einmal das Taschenmesser in seinen Fuß geworfen. Zum Glück verhütete sein fester Lederschuh eine tiefe Wunde. Dass sie blutete, steckte er weg und auch Alfreds Hilfe schlug er aus. „Wo gehobelt wird, fallen Späne", sagte er die Zähne zusammenbeißend. Auch das Spiel ‚Verstecken und Suchen' bereitete uns Heidenspaß, vor allem in den Abendstunden bei völliger Dunkelheit. Mit Taschenlampen ausgerüstet, konnten wir jeden noch so verborgenen Winkel ausleuchten. Verstecke gab es genug in unserem Wohnviertel und auch in den offenen Hauseingängen fand sich noch ein

Unterschlupf. Doch ein bestimmtes Haus mussten wir meiden, denn der Eigentümer verstand keinen Spaß. Obwohl wir Jungs ihn auf der Straße immer höflich grüßten, wenn wir ihm begegneten, fand er nie ein freundliches Wort für uns. Die Erwachsenen belächelten ihn wegen einer Inschrift unter dem Balkon seines Hauses. Da stand in großen Buchstaben eingemeißelt: „Watt stehst de he un jaffs, et wär besser, datt de schaffs. Statt he ze stonn sollst de besser wiggejonn". Viele Menschen hätten ja auch gern geschafft, wenn es überhaupt etwas zu schaffen gegeben hätte. Aber die Zeiten waren ausgesprochen schlecht und überall grassierte Arbeitslosigkeit und große Armut.

Im Winter bescherte der Rhein uns Jungs wahre Winterfreuden. Wenn das ans Ufer grenzende Wasser in eine glatte, zusammenhängende Eisfläche gefroren war, dann konnten wir darauf nach Herzenslust spielen. Schnell kam eine Eisbahn zustande, auf der wir schlieren konnten. Im Winter trugen wir stabile Schuhe, deren Sohlen mit dicken Nägeln beschlagen waren, was uns beim Schlieren enormes Tempo verlieh. Mit der Zeit wurden die Eisbahnen immer glatter und länger und verlangten großes Geschick beim Balancieren. Der eine oder andere landete schon mal auf der Hosenbremse, was aber kein Malheur bedeutete. Und das Schöne, auf dieser Eisfläche herrschte kein Gedränge von Schlittschuhläufern. Nur wenige kamen hierhin, die trotz unserer Eisbahnen ihre Pirouetten drehen konnten. An manchen Wintertagen kamen auch viele Spaziergänger auf die Eisfläche und da herrschte manchmal ganz schön Betrieb.

Viel Betrieb herrschte auch auf der Straße mit dem schönen Namen Rosental, die zum Rhein hinunter stark abfiel. Auf dieser Straße verkehrten bei Eis und Schnee weder Autos noch Fuhrwerke und die Anwendung von Streusalz war in jenen Tagen nicht üblich. Und so wie diese Straße im Sommer als Piste für Seifenkistenrennen benutzt wurde, war sie im Winter eine ideale Rodelbahn. Otto, Hubert und ich nahmen die beiden Schlitten der Familie und banden sie mit dicker Kordel zu einem einzigen Gefährt zusammen. Vorne war der kleine Schlitten, der zum Steuern diente. Auf diesem konnte außerdem ein leichtgewichtiger Junge, wie Hubert sitzen. Dahinter, auf dem größeren, saß Otto als Steuermann und ich oder ein anderer Rodler. Mit Karacho sausten wir das Rosental hinunter und ließen das Gespann auf der Uferstraße auslaufen. Für eine erneute Abfahrt zogen wir die Schlitten auf dem Trottoir hoch und abermals ging's in vollem Tempo nach unten. Bis spät in den Abend konnten wir beim Licht der städtischen Gaslaternen rodeln.

Bei frisch gefallenem Schnee war immer eine Schnee-
ballschlacht fällig. Reinold bedrängte ihm bekannte
vorbeigehende Mädchen, um sie mit frisch gefallenem
Schnee ‚zu waschen‘. Unter Waschen verstand man, dem
Opfer eine Hand voll Schnee durch Gesicht zu reiben.
Die Mädchen haben sich natürlich gewaltig gewehrt.
Reinold hat sein Tun zwar nie übertrieben und musste
dennoch manchen Kratzer einstecken. Wenn wir vom
Schneeballwerfen die Nase voll hatten, bauten wir einen
Schneemann. Zuerst suchten wir eine passende Stelle,
zu der wir den Schnee hinrollen konnten, und an die-
ser Stelle fügten wir Ballen auf Ballen übereinander.
Wenn ausreichend Schnee aufgetürmt war, formte
Otto daraus einen Schneemann. Alfred besorgte von
zu Hause Straßenbesen und Zylinder, Hubert und ich
wurden losgeschickt, um Kohlenstücke für die Augen
und eine lange Möhre für die Nase zu besorgen. Fertig
war der Mann, der von Vorübergehenden bestaunt
wurde. Er erinnerte mich an das Gedicht: „Seht den
Mann in großer Not, wie er mit dem Stecken droht.
Gestern schon und heute noch, aber niemand schlägt er
doch". Manchmal konnte man sich an dem Schneemann
wochenlang erfreuen, bis er dann durch Tauwetter „in
große Not" geriet.

XX

Die Weihnachtszeit rückte näher und für uns Jungs war das große Fest der absolute Höhepunkt des Jahres. Wir hatten Schulferien und entsprechend viel Freizeit, die wir dazu benutzten, durch die festlich dekorierten Straßen der Stadt zu schlendern. Dabei betrachteten wir das Spielzeug in den weihnachtlich geschmückten Schaufenstern, das unsere Herzen erfreute. Über den Ladengeschäften in der Sternstraße sahen wir riesig große Bildwände, auf denen die Streiche von Max und Moritz abgebildet waren. Auf dem Marktplatz, vorm alten Rathaus, stand ein hoher, prächtig geschmückter Tannenbaum mit Lichtern und bunten Kugeln. Noch zwei Tage trennten uns vom Fest der Feste und die Stunden des Wartens erschienen uns Jungs wie eine Ewigkeit. In Großvaters ehemaliger Schreinerwerkstatt, in der wir im Winter spielen durften, hatten wir die Weihnachtsgaben für unsere Eltern gebastelt. Wir fragten uns nun, was wir an diesem Wintertag sonst noch anstellen könnten.

Da machte Alfred einen Vorschlag: „Bei uns im Hof steht ein Tannenbäumchen, das kann ich mir von Klementine ausleihen. Dieses Bäumchen bringe ich hierhin und dann feiern wir Weihnachten". Gesagt, getan! Reinold begleitete Alfred, um das Bäumchen herbeizuschaffen. Wolfgang ging derweil nach Hause, um seine Laterna magica und seine Brettspiele zu holen. Rudi steuerte eine Karbidlampe bei, damit wir am Abend nicht im Dunkeln sitzen würden. Otto brachte buntes Glanzpapier, damit Hubert und ich Baumschmuck basteln konnten. Er selbst ging nochmals heim, um Farben und Zeichenpapier zu holen. „Ich bin gleich zurück", sagte er und verschwand.

Alfred und Reinold hatten das geliehene Bäumchen, eine tischhohe Fichte, auf die Hobelbank gestellt. Mit den von Hubert und mir fertiggestellten Papierfiguren verwandelten wir es in ein schmuckes Weihnachtsbäumchen. Zufällig fiel auch noch das rote Licht der Abendsonne in die Werkstatt, was ausgesprochen festlich wirkte. Kerzen hatten wir nicht, denn offenes Feuer war uns strengstens untersagt worden. Auf Otto wartend hatten wir angefangen, ‚Mensch ärgere dich nicht' zu spielen. Dabei konzentrierte sich jeder auf das Spiel, um seine Figuren schnell und sicher ans Ziel zu bringen. Keiner dachte daran, dass Otto fehlte. Doch schließlich sagte ich: „Ich schaue mal nach. Otto hätte längst zurück sein müssen". Ich verließ die Runde und schon bei der Haustür kam Otto mir entgegen. „Wo bleibst du?", fragte ich vorwurfsvoll. Dann erzählte er mir, warum er nicht eher kommen konnte: „Tante Sophie hat mich vor der Haustüre abgefangen. Ich musste helfen, ihre Möbel zu rücken. Sie brauchte Platz für einen Weihnachtsbaum. Die Möbel waren ruck zuck umgestellt, aber dann bekam ich noch einen Auftrag: „Öttche gehst du für mich zum Anker?". Ja, Öttche nahm den Krug und ging zum Anker. Aber dort musste ich warten, weil der Wirt gerade dabei war, ein neues Fass anzuschließen.

Als der Wirt dann endlich Tante Sophies Bierkrug füllte, sprach mich ein Mann an, der wie ich an der Theke stand und auf sein Bier wartete. Französisch sagte er, was ich sogar verstehen konnte: «Tu vais bois le bière tout seul? Ça n'est pas bon!». Aber dann mischte sich der Wirt ein und erklärte dem Franzosen, dass ich das Bier für meine Tante hole. Darauf kaufte der Mann diese Tafel Schokolade beim Wirt und schenkte sie mir. „Pour toi", sagte er. „Et mes amitiés a ta tante". Ich wollte die Schokolade nicht annehmen, aber der Wirt beteuerte: „Nimm sie, der Herr ist der Eigentümer des Frachtschiffes da drüben bei der Spedition". Nun gut, dachte ich und sagte „Merci Monsieur". Ich nahm die Schokolade und Tante Sophies volles Krügchen und hier bin ich. Und was glaubst du, was in diesem Beutel ist?" „Ich brauche nicht zu raten", erwiderte ich. „Das duftet herrlich". „Ja, das Geschreppel hat Tante Sophie uns geschenkt", bestätigte Otto meine richtige Vermutung vom Inhalt des Beutels.

Als wir beide in der Werkstatt eintrafen, empfingen uns unsere Freunde mit großem „Hallo", und alle
fragten Otto Löcher in den Bauch. Als er sein Erlebnis
auch ihnen geschildert hatte und dazu Schokolade
und Plätzchen verteilte, herrschte freudige Stimmung.
Wolfgang bereitete seine Laterna Magica und führte
seine neuesten Streifen vor. Doch in der Werkstatt, die
nicht beheizt war, wurde es nach und nach ungemütlich
kalt. Reinold sagte: „Ich friere wie ein Schneider. Lasst
uns rausgehen und eine Schneeballschlacht machen".
Auch ich und die anderen verspürten den Drang, sich
zu bewegen. Otto sagte: „Ich laufe vorher an den Rhein.
Ich will mir das Frachtschiff des Franzosen anschauen.
Kommt ihr mit?" Natürlich schlossen wir uns an, nicht
zuletzt schon deshalb, um uns beim Laufen aufzuwär-
men.

Es war ein prächtiges Motorschiff, wie ich auf
den ersten Blick erkennen konnte. Es lag aber nicht vor
Anker, sondern es war am Landesteg der Spedition mit
dicken Trossen vertäut. Und was ich noch sofort feststellen
konnte: der Franzose hatte keinen Weihnachtsbaum am
Heck seines Schiffes stehen, wie es bei den dahinter vor
Anker liegenden Frachtschiffen der Fall war. Dort hatte
man die Schiffe weihnachtlich geschmückt. Vielleicht
stellen die Franzosen keine Christbäume auf, dachte ich.
Doch auch Otto vermisste beim Franzmann den Weihnachtsbaum und wandte sich spontan an Alfred: „Was

hältst du davon, wenn wir unser Christbäumchen dem Franzosen geben. Bist du bereit, es zu opfern?" Alfred zögerte keinen Moment und antwortete: „Otto, deine Idee finde ich prima. Das machen wir". Darauf schaltete Reinold sich ein: „Seid ihr noch bei Trost, das schöne Bäumchen einem Franzmann zu schenken. Die Franzosen sind doch Fieslinge. Soweit geht unsere Liebe doch nicht". Alfred erwiderte darauf: „Nicht alle Franzosen sind schlechte Menschen. Mein Vater hat im Geschäft mit Franzosen zu tun. Er habe keine Probleme mit ihnen, sagt er. Ist Ottos Erlebnis nicht auch der Beweis dafür, dass es auch gute Franzmänner gibt? Die Fichte nehme ich auf meine Kappe. Klementine wird die Idee ebenfalls gut finden".

Also gingen wir zurück zur Werkstatt, um die geschmückte Fichte zu holen. Otto sagte zu Wolfgang: „Hier ‚Franzose‘, nimm diese Pappe und schreibe mit dem Buntstift darauf: Frohe Weihnachten". Dem Wolfgang haftete der Uzname ‚Franzose‘ an, weil er sich mit der französischen Sprache brüstete, die er auf der Oberrealschule lernte. Erst vorhin gab er uns eine Probe zum Besten: „Demain, vous allez diner ici gratis». Beim Sprechen dieses Satzes reizte ihn, das Wort ‚gratis‘ besonders stark zu betonen. Doch jetzt war nicht der Augenblick, französisch zu sprechen, sondern die Pappe zu bemalen. Er schrieb darauf: „Joyeux Noel". Reinold hatte ein Stückchen Draht aufgetrieben, nahm die Pappe und befestigte sie an der Spitze des Bäumchens. „Wir nehmen den Schlitten",

sagte Otto und Reinold nicht faul, schnappte den Topf
und trug ihn in einem Rutsch die steinerne Hoftreppe
hinunter bis vor die Haustüre. Ich war vorausgelaufen,
um den unter der Veranda abgestellten Schlitten hervor
zu holen. Reinold stellte den Topf mit der Fichte darauf
ab und ich setzte mich dazu, um die Ladung festzuhalten,
damit sie nicht umkippte. Dann zog die Karawane los
zum Franzosenschiff mit Otto und Alfred als Schlitten-
gespann. Die anderen stampften nebenher durch den
knirschenden Schnee. Bei der Anlegestelle nahm Reinold
das Bäumchen vom Schlitten herunter und trug es bis
zum Steg des Franzosenschiffes. Dort stellte er es ab,
denn das Schiff durften wir natürlich nicht betreten.

Hier hatten wir jetzt nichts mehr auszurichten.
Mit entleertem Schlitten und kalten Füßen liefen wir
zurück zur Werkstatt. Dort holte jeder seine Sachen und
ging damit nach Hause. Am nächsten Morgen rannten
Otto und ich an den Rhein, um nachzuschauen, ob der
Franzose unser Weihnachtsbäumchen am Heck seines
Frachters aufgestellt hatte. Aber schon aus der Ferne
konnten wir sehen, dass der Frachter nicht mehr an der
Anlegestelle lag. Er hatte wohl, wie auch die anderen
Schiffe, die Weiterfahrt schon sehr früh am Morgen
aufgenommen. Ob unser Bäumchen nach Frankreich
mitreiste und die Festtage an Bord des Schiffes verbringen
wird? Wir werden es nie erfahren.

Jedenfalls fieberten wir Jungs dem Weihnachtsfest entgegen. Bei uns zu Hause (bei Otto, Hubert und mir) fand die Bescherung nie an Heiligabend statt, sondern immer am Morgen des ersten Weihnachtstages. Noch vor der Bescherung gingen wir drei Jungs in aller Frühe zur Stiftskirche, um an der Christmette teilzunehmen. Bei völliger Dunkelheit hatten wir das Haus verlassen und tappten durch frischgefallenen Schnee zu der Kirche. Und dann, nach der feierlichen Messe, wenn wir völlig durchgefroren heimkamen, erlebten wir Weihnachten wie im Märchen. Das Wohnzimmer erstrahlte im Kerzenlicht des festlich geschmückten Weihnachtsbaumes. Im ganzen Haus schwebte ein herrlicher Duft von Kuchen, Früchten und Kaffee. Für jeden von uns Jungs stand ein vollgefüllter Weihnachtsteller mit leckeren Sachen bereit: Äpfel, Apfelsinen, Nüssen, Feigen, Datteln, Printen, Spekulatius und Schokolade. Noch vorm Frühstück stürzten wir uns auf die Geschenke: neue Wasserfarben für Otto, ein Brummkreisel für Hubert, ein Notizbuch und ein Bleistift für mich. Auch die von uns gefertigten Geschenke für die Eltern lagen unter dem Christbaum: Otto hatte ein neues Aquarell vom Alten Kran angefertigt, Huberts lustige Kastanienmännlein bildeten einen Reigen und meine Gabe, ein vaterländisches Gedicht über die Erstürmung der Düppeler Schanzen illustriert mit einer wehenden Preußenfahne auf der besiegten Bastion, lag neben der Krippe.

XXI

Weihnachten war längst vorbei als Vater beim Frühstück zu seinen drei Jungs sagte: „Heute Abend gibt's ein Fackelzug in der Stadt". Ein Fackelzug im kalten Winter? Das machten Otto, Hubert und mich neugierig. „Werden wir hingehen?", fragte ich. „Ja, wenn ihr mitkommen wollt. Aber zieht euch warm an. Wir werden auf der Straße stehen", war seine Antwort. Einen Umzug speziell mit Fackeln hatten wir drei bisher noch nicht erlebt. Der Martinsumzug, bei dem zwar auch Fackelträger mitmachten, war ein Umzug mit lauter Lampions. Alle Schulen und alle Schulklassen der Stadt mussten am Martinsumzug teilnehmen. Schon Wochen zuvor wurden Lampions gebastelt, manche Schulklassen bauten diese in einem einheitlichen Muster. Es gab auch große, beleuchtete Transparente, die eine Kirche oder eine Burg darstellten. Diese schweren Lampions wurden von mehreren Schülern getragen. Unsere Primaner trugen winzig kleine Lichter an riesenlangen Stäben, was komisch aussah. Offenbar nahmen diese Jungmänner das alles nicht so ernst, wie ich vermutete. Pechfackeln wurden natürlich nur den älteren Schülern anvertraut, die mit offenem Feuer risikolos umgehen konnten. Sechs Pechfackeln tragende Schüler, drei auf jeder Seite, flankierten den Sankt Martin, der als römischer Hauptmann verkleidet, auf einem Schimmel am Anfang des Umzuges ritt.

Auch bei den zahlreichen Musikkapellen gingen Schüler mit brennenden Fackeln neben den Musikern her. Witzbolde sagten, dies geschehe, damit die Musiker die Noten besser lesen könnten. Doch für das Spielen der bekannten Martinslieder brauchten die Musiker bestimmt keine Beleuchtung, um die Noten zu erkennen. Diese Melodien spielten sie bestimmt wie im Schlaf. Wir Kinder leierten die bekannten Lieder genauso herunter, auch auf Bönnschplatt. Am Ende des großen Umzuges fuhr der Gänsewagen mit schnatternden Gänsen, der ebenfalls von Pechfackeln tragenden Schülern begleitet wurde. Nach der Auflösung des Martinszuges auf dem Münsterplatz, zog es die Schüler eilends in ihre Wohnviertel zurück, um dort bei Verwandten, Freunden, Nachbarn und freundlichen Ladengeschäften zu singen. Tante Sophie hatte Otto daran erinnert, es ja nicht zu vergessen, auch bei ihr zu Hause zum Singen zu kommen. Für manche Ladengeschäfte war das Schnöörzen, wie das Singen um Süßigkeiten am St. Martinsabend genannt wurde, allerdings eine Plage.

Welche Personen die Fackelträger beim heutigen Umzug sein würden, wussten wir natürlich nicht. Eines war sicher: es würden keine Schulkinder sein. Von Vater erfuhren wir dann den Anlass des Fackelzuges. Reichspräsident von Hindenburg habe den Herrn Hitler zum neuen Reichskanzler ernannt. Hitler war Führer der NSDAP (National Sozialistische Deutsche Arbeiterpartei) also der Braunhemden, die sich vordem die Straßenschlachten mit Kommunisten geliefert hatten. Doch in das Bild meiner schulischen Erziehung passte weder Hitler, der in Landsberg eine Gefängnisstrafe absitzen musste, noch Ernst Thälmann, der als Kandidat der Armen auftrat. Doch wenn unser Reichspräsident, der im Weltkrieg bei der Tannenbergschlacht die Russen besiegt hat nun den Herrn Hitler zum Reichskanzler des Reiches ernennt, dann muss dies ja gut sein, dachte ich.

Auf der Kölnstraße, wo der Fackelzug vorbeikommen sollte, warteten schon viele Leute, bei denen wir uns anstellten. Eine Frau machte Platz für Otto, Hubert und mich, so dass wir die Möglichkeit hatten, vorne in der ersten Reihe zu stehen. Da warteten wir nun inmitten fremder Menschen und froren wie junge Hunde trotz unserer dicken Wolljacken und den tief über die Ohren gezogenen Wollmützen. Die Erwachsenen froren ebenso und hüpften von einem Bein auf das andere, um so ihre kalten Füße zu erwärmen. Und dann endlich, endlich hörte ich von Ferne her Musik. Der Zug war im Anmarsch. Bei den wartenden Menschen gab's Bewegung. Schließlich kam die Spitze des Zuges in Sicht: Schutzmänner mit aufgesetzten Tschakos marschierten vorneweg. Doch dann erblickte ich ein Meer von Fackeln, die von Männern in brauner Uniform getragen wurden. Sie marschierten im Gleichschritt vorüber und riefen im Wechsel: „Sieg heil! Sieg heil! Sieg heil!" Mit einigem Abstand folgte dann ein Spielmannszug, der genau wie beim Martinsumzug von Fackelträgern flankiert wurde. Als dieser bei uns ankam schwang der Tambourmajor seinen bunten mit Quasten besetzten Taktstock, und die Musiker spielten die bekannte Melodie: „Das Lieben bringt groß' Freud, es wissen's alle Leut". Die am Straßenrand stehenden Menschen hatten ihren Unmut des langen Wartens offenbar verdrängt und sangen das Lied, wie beim Rosenmontagszug, frohgestimmt mit. Nach dem Spielmannszug folgten Fahnen- und Standartenträger, deren rote Banner und rote Fahnen mit dem Symbol des Hakenkreuzes hell im Fackelschein leuchteten. Danach folgte eine lange Kolonne von uniformierten, fackeltragenden Männern. Auch aus deren Reihen erschallte rhythmisch der Ruf: „Sieg heil! Sieg heil! Sieg heil!" Von einigen Zuschauern wurde der Ruf winkend erwidert. Eine motorisierte Fahrzeugkolonne bildete den Schluss des Umzuges. Und das war's schon. Die frierenden Menschen verteilten sich schnell in allen Richtungen. Auf dem Heimweg sagte Vater: „Bei uns im Reich wird sich demnächst einiges ändern".

XXII

Für uns Jungs am Schänzchen hatte sich zunächst nichts geändert, abgesehen vom Hochwasser, das uns auch diesmal erwischte und Otto und mir schulfreie

Tage bescherte. Das Wasser hatte schon fast die Wohnungen im Hochparterre erreicht und die Anwohner am Erz-berger-Ufer waren von der Außenwelt völlig ausgesperrt. Unsere Eltern beobachteten den täglich steigenden Pegelstand mit großer Sorge. Schließlich ließ die Stadt auf der überschwemmten Uferstraße einen hölzernen Steg bauen, der entlang der Häuserreihe verlief. So konnten die Anwohner wieder ihren Geschäften nachgehen, und wir Kinder hatten keinen Grund mehr, dem Schulunterricht fern zu bleiben. Allerdings mussten wir einen Umweg über höher gelegene Straßen in Kauf nehmen.

Das Hochwasser war längst vergessen und Karneval war bei uns eingezogen. Am Schänzchen merkten wir zwar nichts von der fünften Jahreszeit, wohl aber in der Schule. Der Deutschlehrer gab uns Schülern die Gelegenheit, Büttenreden zu halten, wovon einige meiner Mitschüler auch Gebrauch machten. Doch für uns Jungs ging Karneval erst nach der Schule richtig los. Otto und ich verwandelten uns in ulkige Gestalten. Dazu verwendeten wir ausrangierte, viel zu große Jacketts und Hosen und Vaters rote Perücken. Unsere Gesichter bemalten wir bunt mit Wasserfarbe. Reinold hatte ein Kleid, eine Schürze und ein buntes Kopftuch seiner Mutter angezogen, dazu nahm er Schrubber und Eimer zur Hand und mimte so eine Putzfrau. Alfred maskierte sich als Nachtwächter mit Pluderhosen, Kittel und Schlapphut. Dazu trug er eine Karbidlampe, die er sich von Rudi geliehen hatte. Rudi verkleidete sich als Kaminfeger mit schwarzem Hemd und schwarzer Hose. Auf seinem Kopf saß ein schwarzes Käppchen. Stirn und Wangen hatte er mit Ruß geschwärzt. So schlenderten wir durch die Stadt und brachten die auf den Straßen flanierenden Leute zum Jubeln.

Der Höhepunkt des Karnevals war natürlich der festliche Umzug am Rosenmontag. Doch um den Umzug zu erleben, blieben unsere Maskeraden zu Hause. Die unbequeme Verkleidung wäre beim Sammeln von Kamellen hinderlich gewesen. Die jüngeren von uns Jungs, also Hansi, Hubert und Zirjack gingen mit den Eltern zum Umzug, die bei Freunden und Bekannten Fensterplätze bekommen hatten. Wir Jungs sahen den Zug am Straßenrand von der vordersten Reihe. Zahlreiche Spielmannszüge, lustig maskiertes Fußvolk und originell gestaltete Motivwagen zogen an uns vorbei. Die fröhlich gestimmten Stadtsoldaten, zu Pferde und zu Fuß mit ihrem gesamten Tross, wurden laut umjubelt. Ich bewunderte die Husaren in ihren schmucken Uniformen, vor allem den Paukenschläger zu Pferde, der für seine Vorstellung viel Beifall erhielt. Ich empfand aber auch Mitgefühl für das Pferd, das die donnernden Paukenschläge so nahe hinter seinen Ohren ertragen musste. Den absoluten Höhepunkt des Umzuges bildeten natürlich die Prunkwagen der Karnevalsprinzessin Bonna und des Prinzen Karneval, die kräftig bejubelt wurden. Von ihren Prunkwagen ergoss sich ein wahrer Regen von Kamellen auf die am Straßenrand stehenden und aus den Häuserfenstern schauenden Leute. Jedenfalls hatte jeder von uns Jungs auch davon reichlich abbekommen und seine Taschen damit vollstopfen können.

Mit dem Frühjahr hielt auch der Frühjahrsputz bei uns zu Hause seinen Einzug. Es gab eine Menge Arbeit vom Keller bis zum Speicher. Otto und ich erhielten nach der Putzaktion andere Zimmer zugewiesen. Otto bezog seinem Wunsch entsprechend die Mansarde, wo er die Möglichkeit hatte, sich ein Maleratelier einzurichten. Otto war nämlich ein begabter Maler. In der Schule hatte er sich mit seinen schönen Aquarellen einen guten Ruf erworben. An Wänden im Treppenhaus, in vielen Gängen der Schule und in seinem Klassenzimmer hingen Ottos Bilder. Ich durfte ein kleines Zimmer im ersten Stockwerk gleich neben dem Treppenaufgang zur Mansarde beziehen, in dem ich ungestört lernen konnte.

Vater achtete darauf, dass wir Jungs vorm Schlafengehen die Straßenkleidung auf dem Stuhl ablegten und die geputzten Schuhe darunterstellten. Dies war eine Vorsichtsmaßnahme, denn in jenen Tagen besaßen wir noch keine Elektrizität. Die Zimmerbeleuchtung

stammte von Kerzen-, Petroleum- und Gaslicht. Im
Falle eines Feuerausbruchs hätten wir die bereitgelegten
Sachen schnell ergreifen können, um damit aus dem
brennenden Haus zu laufen. Keiner von uns hätte so im
Nachthemd auf der Straße stehen müssen. Otto hatte sich
an die neue Umgebung schnell gewöhnt, aber keinen
Gedanken darüber verloren, dass sein allzeit geöffnetes
Fenster eine Einladung für Diebe sein könne.

So riss mich eines Tages beim Morgengrauen lautes
Gepolter aus dem Schlaf. Ich glaubte gehört zu haben,
dass jemand die zur Mansarde führende Holztreppe
hinuntergerannt sei. Ich horchte gespannt und vernahm ein lautes Klopfen an der Türe des Elternschlaf-
zimmers und dann Ottos Stimme: „Auf dem Dach ist
ein Einbrecher!" Mich hielt nichts mehr im Bett. Mit
einem Satz stand ich auf den Beinen, zog meine Hose
an und öffnete meine Zimmertüre. Da sah ich Vater
die Treppe zur Mansarde hochlaufen. Otto hatte also
unliebsamen Besuch bekommen. Auch ich eilte ins hell
erleuchtete Elternschlafzimmer, wo Mutter und Otto auf
der Bettkante sitzend antraf. Natürlich hatte ich mitbe-
kommen, was im Hause los war und stellte auch keine
überflüssigen Fragen. Doch Otto schilderte von sich
aus, was passiert war: „Hockt da ein Lump vor meinem
offenen Fenster und glotzt mich an. Da stockte mir das
Blut in den Adern", sagte er. „Geweckt wurde ich vom
klappernden Geräusch der Dachpfannen".

Wir warteten auf Vater, der nach kurzer Zeit zurückkam und berichtete, dass er sich bei der Speichertür
auf die Lauer gestellt habe, aber nichts Verdächtiges
feststellen konnte. Der Einbrecher hatte wohl sofort
das Weite gesucht, nachdem er durch Ottos Wachsam-
keit entdeckt worden war. Vater hatte vorsorglich das
Mansardenfenster und die Speichertüre verschlossen,
so dass Otto und ich wieder in unsere Zimmer hätten
verschwinden können. Doch der Morgen dämmerte
schon und wir hatten keine Neigung, uns wieder hin-
zulegen. Otto überbrückte die Zeit bis zum Frühstück
in meinem Zimmer Winnetou lesend und ich knöpfte
mir mein Lateinbuch vor, um Vokabeln zu lernen. Nach
dem Frühstück tippelten wir, wie an jedem anderen
Werktag zur Schule, die damals auch an Samstagen
besucht werden musste.

XXIII

Seit Tagen herrschte auf der Uferstraße am Schänzchen ungewöhnlich reger Betrieb. Lastwagen fuhren
im Dauereinsatz auf die Werftanlage und entluden dort
große Mengen von Sand und Kies. Kein Wunder, dass
sich die Anwohner fragten, für was das gut sein solle.
Verschiedene Gerüchte machten die Runde. Zuerst
hieß es, dass mit diesem Material eine hohe Mauer zum

Schutz gegen Hochwasser gebaut werde. Dann sprach es sich herum, dass hier auf der Uferstraße eine Grünanlage entstehen solle. Entlang des Erzberger-Ufers bis hinunter zum Strom soll das gesamte Areal zu einer ebenen Fläche aufgefüllt werden. Würde dieses Vorhaben verwirklicht werden, dann bekämen die Bewohner der Uferstraße schmucke Blumenrabatten vor ihre Häuser, was diese abseits der Innenstadt gelegene Wohngegend fraglos aufwerten würde. Andererseits wären mit einem solchen Projekt auch Nachteile verbunden, weil damit ein Stück gewachsener Natur für immer verloren ginge. Verschwinden würde der Sandstrand, auf dem Kinder Burgen und Höhlen bauten und im angrenzenden seichten Wasser himmlisch planschen konnten. Auch die Anlegestelle für Paddel- und Ruderboote wäre dahin, Fuhrleute hätten nicht mehr die Möglichkeit, ihre Pferde im Rhein zu waschen und für Frachtkähne wäre es das Aus, ihre Ladungen am Schänzchen zu löschen. Und nicht zuletzt würden die Kröten in den Ritzen der Werftmauer lebendig begraben.

Aber ungeachtet der Zerstörung gewachsener Natur wurden Mengen von Sand und Kies aufgeschüttet. Bei der höchsten Stelle, also beim alten Kran, wurde damit begonnen und über die abschüssige Werftanlage fortgeführt. Neuerdings dirigierte ein älterer Arbeiter die ankommenden Fahrzeuge zu den vorgesehenen Entladestellen. Schon beim Morgengrauen begann der lärmende

149

Fuhrbetrieb, wenn die meisten Anwohner noch schliefen. Mich störte der Lärm nicht, denn ich war Frühaufsteher und längst hellwach, wenn die ersten Lkws anrollten. Und überhaupt, hier am Strom herrschte nie Friedhofsstille. Lärm verursachten auch die Frachtschiffe, die abends vor Anker gelegt wurden und dann in aller Frühe mit lautem rattatack, rattatack, rattatack die Anker lichteten. Das geschah ohne Motor und nur per Muskelkraft. Ich konnte die an den Winden kurbelnden Matrosen von meinem Schlafzimmerfenster aus beobachten. Auch im Winter gab's Lärm, wenn der Fluss Treibeis führte und die Eisschollen krachend zusammenprallten oder sich zischend übereinanderschoben. An derartige Geräusche hatten sich die Anwohner gewöhnt.

Doch an diesem Tag, noch bevor der morgendliche Betrieb mit lärmenden Lkws angelaufen war, wurde ich von lautem Flötenspiel geweckt. Ich ging ans Fenster, um herauszufinden, wer dort so klangvoll spielte. Es war der Arbeiter, der das Abladen der Fuhrwerke dirigierte. „Komm her!", sagte ich zu meinem Bruder, mit dem ich zeitweise wieder das Schlafzimmer teilte. „Da unten spielt der Arbeiter". Doch Otto war nicht interessiert, zog sich die Bettdecke fest über die Ohren und schlief weiter. Das Flötenkonzert war für ihn völlig schnuppe. Doch eines anderen Morgens, als der Flötenmann wieder zur Höchstform aufgelaufen war, wurde sein Spiel jäh unterbrochen. Ich hörte, dass auf der Baustelle heftig gestritten wurde. Das laute Geschrei hatte auch Otto geweckt und er kam zu mir ans Fenster, um zu sehen, was draußen los war. Wir sahen den Flötenspieler und einen Mann aus der Nachbarschaft, die sich bösartig beschimpften. „Diesen Klamauk", schrie der Nachbar, „den muss ich mir nicht länger anhören. Das ist Ruhestörung". Doch der Flötenmann hielt kräftig dagegen, und wir hörten, wie er den Nachbarn Hohlkopf nannte, der seine Kunst verschmähte. Das brachte den erregten Nachbarn erst recht auf die Palme. Er schritt wütend auf den Flötenmann zu und hätte ihn beinahe beim Kragen erwischt. Doch dieser wich geschickt aus und steckte dann laut protestierend seine Querflöte ins Futteral. Beim Davongehen wetterte er: „Nein, für einen solchen Banausen würde er nicht mehr spielen, keinen einzigen Ton mehr verschwenden". Und an diese Aussage hat er sich streng gehalten. Seitdem hörten wir nie wieder seine Flöte erklingen, auch tagsüber, nicht mehr. Er war wohl in seiner Ehre tief gekränkt worden. Otto meinte: „Hätte er ‚Schlaf, Kindlein schlaf‘ gespielt, dann wäre dieser Streit bestimmt nicht entstanden".

Nachdem der Flötenmann schon einige Tage der Baustelle ferngeblieben war, hatte ein anderer Arbeiter seine Nachfolge angetreten. Dieser war, wie wir Jungs feststellten, ein miesepetrig blickender Mann mit auffallend krummen Beinen. Wir machten uns über dessen O-Beine lustig. Rudi sagte: „Der hat zu früh das Laufen gelernt". Otto scherzte: „Der Mann muss in seiner Jugend Schweine gezählt haben, die durch seine Beine laufen mussten". Nur Alfred blieb seriös und sagte: „Auch krumme Bäume tragen Früchte. Hört auf, über den Mann zu lästern". Nach einigen Wochen war die Hälfte der Werft aufgeschüttet und der Sand reichte bis hinunter zum Strand. Dadurch bekamen wir Jungs eine ideale Sprungschanze. Mit einem Anlauf sprangen wir von oben hinunter in den Sand. Dabei landeten wir nicht immer sanft, und es gab Kratzer und Schrammen an den nackten Beinen und Füßen. Hubert, Hansi und Wolfgang, unsere Leichtgewichte, erzielten dabei die größten Weiten. Allerdings konnten wir dort nicht zu jeder beliebigen Tageszeit spielen. Die Möglichkeit bestand nur dann, wenn der krummbeinige Arbeiter nicht anwesend war. Der verstand keinen Spaß. Wehe, wenn einer von uns verdächtig lange auf seine krummen Beine blickte, dann rastete er aus. Reinold hatte es einmal gewagt, ihn grinsend anzuschauen. Er musste schnell davonrennen, sonst hätte ihn der Arbeiter mit seiner Schaufel traktiert.

Doch unser Spaß mit der Sprungschanze war eines Tages ohnehin passé, denn die Lastwagen brachten keinen sauberen Sand zur Baustelle, sondern schmutzigen Bauschutt. Dort hineinzuspringen, war viel zu riskant, denn daran hätten wir uns bösartig verletzen können. Dennoch warfen wir immer wieder ein Auge auf die

Baustelle, um festzustellen, in welcher Art und Weise die Aufschüttung fortschritt. Es hätte ja sein können, dass nach dem angekarrten Bauschutt nochmals sauberer Sand abgeladen wird. Doch das war nicht der Fall. Im Gegenteil, neuerdings wurde Gartenerde ausgekippt. Und das tollste, in der aufgeschütteten Erde befanden sich Knochen von Menschen, Knochen von Beinen und Armen, von Händen und Füßen. Auch einen Schädel hatten wir darunter entdeckt, was Reinold auf die Idee brachte: „Wir könnten daraus doch ein Skelett anfertigen. Was glaubt ihr, wie unser Lehrer jubeln würde". Was sich noch in der Gartenerde fand, waren mit Kordel verschnürte Papierbündel. Reinold öffnete eines davon und zum Vorschein kamen Briefe und Postkarten von Soldaten, die diese im Ersten Weltkrieg an ihre Frauen und Bräute geschrieben hatten. Die Handschrift der Absender war schwierig zu lesen, obwohl jeder von uns Jungs die Sütterlinschrift beherrschte. Doch ehrlich gesagt, deren Inhalt hatte uns keinen Deut interessiert. Ich entnahm dem geöffneten Bündel eine knallrote Postkarte, auf welcher ein Feuerwehrmann abgebildet war, der inmitten einer glühenden Lohe mit einer Axt hantierte. Die Postkarte trug die Bildunterschrift „The Fireman". Zu Hause legte ich die Karte als Lesezeichen in eines meiner Schulbücher. Und es war reiner Zufall, dass die Karte „The Fireman" alsbald zu Ehren kam, und zwar aus folgendem Grund. Die Schule hatte ein neues Episkop bekommen und unser Klassenlehrer hatte die Absicht, uns, seinen Schülern, das neue Gerät vorzuführen. Deshalb trug er uns auf, farbige Ansichtskarten in die Schule mitzubringen, damit er uns die großartige Wirkung des Gerätes demonstrieren könne. Meine Mitschüler hatten Karten von den Sehenswürdigkeiten unserer schönen Stadt, vom Marktplatz, der Rheinbrücke, vom Alten Zoll, vom Poppelsdorfer-Schloß, der Universität u.a.m. mitgebracht. Die im Episkop vergrößerten und bunt leuchtenden Bilder waren hinreißend anzusehen. Mein Beitrag „The Fireman" fiel gänzlich aus dem Rahmen. Die knallrote Karte hüllte das Klassenzimmer in blutrotes Licht und die begeisterten Mitschüler äußerten sich mit „Ah" und „Oh!" Doch unser Lehrer enthielt sich jeglicher Äußerung. Vielleicht hielt er die Karte für zu kitschig. Oder war es die Grußbotschaft des Soldaten auf der Karte, die ihn an den Weltkrieg erinnerte?

Die Bauarbeiten hatten noch etwas anderes zur Folge. Der Sandstrand wurde völlig zugeschüttet und der alte Lastenkran demontiert und abtransportiert. Otto und ich waren über sein Verschwinden enttäuscht, denn der Alte Kran war ein beliebtes Motiv in Ottos Aquarellen. Er malte ihn im Schein der aufgehenden und untergehenden Sonne und auch als Vordergrund der Rheinbrücke oder eines vorbeifahrenden Passagierdampfers. Verschwunden mit dem Kran waren auch die obdachlosen Männer, die dort ihren Treffpunkt und sicher auch ihre Schlafplätze hatten. Diese zerlumpten Kerle galten bei den Einheimischen als notorische Trunkenbolde, als Schabbaubröder wie sie auf Bönschplatt genannt wurden. Die Alkoholfahnen dieser Tagediebe, so hörte ich Anwohner des Öfteren sagen, könne man schon zehn Meter gegen den Wind riechen. Doch nie habe ich erlebt, dass die Männer um Geld gebettelt haben. Im Grunde waren sie arme Teufel.

XXIV

Von der neuen Zeit, die Vater auf dem Heimweg vom Fackelzug erwähnt hatte, war bei uns in der Schule inzwischen einiges angekommen. Wir begrüßten die Lehrer zum Teil nicht mehr mit „Guten Morgen, Herr Studienrat", sondern weisungsgemäß mit „Heil Hitler, Herr Studienrat", also mit dem neuen deutschen Gruß. Dabei streckten wir den rechten Arm mit geöffneter Hand in Schulterhöhe aus. Unser Klassenlehrer führte diesen neuen Begrüßungsmodus allerdings nicht ein, sondern er beließ es bei der bisherigen Begrüßung. Wenn er das Klassenzimmer betrat, erhoben wir Schüler uns von unseren Plätzen und grüßten wie bisher: „Salve magister!", worauf er, auch wie bisher antwortete: „Salvete discipuli!". Geändert hatten sich auch die Treffen bei der Jungschar. Zunächst gab es keine Ausflüge mehr und schließlich wurde der Jugendbund gänzlich aufgelöst. Reinold sagte, dass wir unsere Freizeit jetzt bei der Hitlerjugend verbringen könnten, bei der auch gemeinsame Ausflüge und insbesondere Zeltlager statt-fänden. Als ich ihn fragte, ob Otto und ich jetzt auch zur Hitlerjugend gehen sollten, war seine Antwort: „Nicht zur Hitlerjugend. Ihr seid ja noch nicht Vierzehn. Aber zum Jungvolk könntet ihr gehen, wenn ihr wolltet. Dort werden Jungs im Alter von 10 bis 14 Jahren aufgenom-men". Und da Reinold 14 Jahre alt war, fragte Otto ihn: „Bist du bei der Hitlerjugend?" Seine Antwort: „Nein, noch nicht. Ich überlege es mir aber".

Hitlerjugend und Jungvolk waren Namen, die jetzt immer öfter die Runde machten. Von meinen Mitschülern waren schon einige beim Jungvolk, so auch Ernst, ein sehr ehrgeiziger Junge. Die Uniform des Jungvolks trug er auch während des Unterrichts in der Schule. Er war sehr stolz darauf, seinen Mitschülern zu zeigen, dass er zum Jungscharführer befördert worden war. Während der großen Schulpause sprach Ernst mich an: „Komm doch mit zum Jungvolk. Am Sonntag geht's auf den Venusberg. Es wird dir Spaß machen". Den Venusberg kannte ich von zahlreichen Ausflügen mit den Eltern. Erst vor einigen Wochen hatte meine ganze Familie eine Wanderung auf den Hausberg der Stadt Bonn gemacht, und ich war durchaus bereit, mitzugehen. Otto, dem ich vorgeschlagen hatte, den Ausflug mitzumachen, sagte dann auch ja zu dem Vorhaben. Unsere Eltern hatten nichts dagegen einzuwenden, als wir sie fragten, ob wir mit dem Jungvolk auf den Venusberg gehen dürften.

Ernst holte uns am besagten Sonntag von zu Hause ab und gemeinsam gingen wir zum Treffpunkt auf den Münsterplatz. Dort hatte sich schon eine große Anzahl gleichaltriger Jungs eingefunden. Die meisten von ihnen, die in Grüppchen herumstanden, trugen die schwarzen Jacken des Jungvolks, also der Pimpfe, wie sie genannt wurden. Nach einiger Zeit des Wartens erschien auf dem Platz ein Jugendlicher von großer Statur und einem auffallend hellblonden Haarschopf. Ernst eilte ihm rasch entgegen und begrüßte ihn mit dem deutschen Gruß. Auch andere Jungs preschten vor, um den Jüngling zu begrüßen. Otto fragte Ernst, als er wieder zu uns zurückgekommen war: „Wer ist dieser Blondkopf, den alle anhimmeln?" „Mensch, das ist unser Fähnleinführer", klärte er Otto auf. „Er hat das Sagen". Und was er anschließend sagte, wurde auf der Stelle umgesetzt. Er ließ uns Jungs der Größe nach in Dreierreihen antreten. Otto und ich, die keine Jungvolkjacken trugen, wurden zwischen zwei uniformierte Pimpfe eingereiht. Dann marschierten wir los. Vorneweg der Fahnenträger mit einem dreieckigen, schwarzen Wimpel, auf dem eine weiße Rune abgebildet war. Dahinter schritten der Fähnleinführer, dem in einer Dreierreihe die Jungscharführer folgten, also Ernst und zwei uns fremde Jungs und dann wir, die Pimpfe, wohl sechzig an der Zahl.

Im Gleichschritt marschierten wir zum Kaiserplatz am Denkmal von Kaiser Wilhelm I. vorbei und weiter in Richtung Poppelsdorfer-Allee. Am Ende des Kaiserplatzes, vor der heruntergelassenen Eisenbahnschranke, gab's einen kurzen Aufenthalt bis der Rheingold Express vorübergerauscht und die Bahnschranke hochgeleiert war. Wir setzten unseren Weg durch die Allee fort und erreichten alsbald den schmalen zum Venusberg ansteigenden Pfad. Dort kraxelten wir in aufgelöster Formation, zum Teil auch über steinerne Treppen, aufwärts zum Wald. Oben angekommen verließen wir den Pfad und tippelten unter hohen Bäumen und über Gestrüpp durch den Wald. Bald erreichten wir eine weite, lichte Stelle, wo wir uns versammelten und im Halbkreis aufstellten. Der Blondkopf erklärte uns Pimpfen, wie man sich im Wald auch ohne Kompass orientieren kann. Dabei verwies er auf eine dicke Buche, die an ihrem Stamm eine gut sichtbare moosgrüne Färbung hatte. Eine solche Färbung entstehe an der Westseite eines Baumes, sagte er. Wer also wisse, wo Westen ist, der könne auch die anderen Himmelsrichtungen bestimmen. Nach dieser kurzen Belehrung teilten uns die Jungscharführer in drei kleinere Gruppen auf. Otto, ich und etwa zwanzig andere Pimpfe wurden in der Gruppe von Jungscharführer Philipp betreut.

Philipp führte uns ein Stück aus der Lichtung heraus und sagte: „Ihr wisst ja jetzt, wie man sich im Wald orientiert. Geht in südlicher Richtung. Euer Ziel ist das Ausflugslokal „Waldesruh". Dort werden wir nach der Geländeübung alle zusammentreffen". Dann schickte er uns los und er selbst entfernte sich von uns, so dass wir mit dem neuen Wissen auf uns allein gestellt waren. Während die meisten sich nun anschickten, die südliche Richtung von der Westseite der Bäume auszumachen, sagte Otto: „Süden ist dort, wo jetzt die Sonne steht. Auf geht's, immer der Nase nach und der Sonne entgegen!" Und die Sonne schien prächtig an diesem Tag, so dass ihre hellen Strahlen durch das dichte Gehölz hindurch zu uns fielen.

Doch nicht alle Pimpfe unserer Gruppe folgten Ottos Vorschlag. Die meisten wollten sich lieber an der Westseite der Bäume orientieren, wie es ihnen der Fähnleinführer beigebracht hatte. Mit Otto und mir tippelten nur noch fünf andere Jungs der Sonne entgegen. Ohne uns mit der Suche nach der Westseite der Bäume aufzuhalten, schritten wir munter drauflos, immer der Sonne entgegen. Bei jedem Schritt knackte das dürre Geäst unter unseren Sohlen, manchmal stolperte auch einer über eine aus dem Boden herausragende Wurzel. Einige Zeit war verstrichen, dann lichtete sich das Dickicht und völlig unerwartet kamen wir aus dem Wald heraus. Wir standen auf einem breiten Weg, der allerdings nicht gen Süden verlief, sondern in östlicher und westlicher Richtung. Da ergab sich nun die Frage:

schreiten wir weiterhin der Sonne entgegen, also weiter durch den Wald oder bleiben wir auf dem Waldweg und gehen in östlicher Richtung. Otto entschied sich, dem Waldweg zu folgen und alle schlossen sich an, hoffend die richtige Entscheidung getroffen zu haben. Und dass wir richtig entschieden hatten, zeigte sich alsbald bei einer Wegkreuzung. Ich traute meinen Augen nicht, als ich an einem dicken Eichenstamm das Hinweisschild: „Waldesruh" erblickte. Hurra! Auch die anderen hatten es sofort gesehen. Besser konnte es für uns nicht kommen. Jetzt hatten wir eine unfehlbare Orientierung.

Und ganz auf die Wegemarkierung verlassend tappten wir zuversichtlich weiter und schon nach kurzer Zeit erreichten wir die Gaststätte „Waldesruh", das vorgegebene Ziel. Im Biergarten erblickte ich an einem Gartentisch den Fähnleinführer und die drei Jungscharführer, die sich vergnügt unterhielten. Sie bemerkten schließlich unser Eintreffen beim Eingang des Biergartens und schauten zu uns herüber. Von ihren erstaunten Gesichtern konnte ich ablesen, dass sie mit uns noch nicht gerechnet hatten. Jungscharführer Philipp, der unserer Gruppe das Ziel vorgegeben hatte, kam zu uns geschritten und fragte: „Wo sind die anderen der Gruppe?" Es war Otto der antwortete: „Die wollten nicht mitkommen". „So, dann habt ihr eure Kameraden einfach im Stich gelassen", sagte er vorwurfsvoll. „Nicht wir haben sie im Stich gelassen, sondern die uns", entgegnete Otto bestimmt. Mit einer solchen Antwort hatte der Knabe wohl nicht gerechnet, denn sie irritierte ihn. Doch dann, wie verwandelt, sagte er zu Otto: „Jungs wie dich, brauchen wir. Komm mit zum Fähnleinführer. Ich werde vorschlagen, dich zum Hordenführer zu ernennen". Doch Otto lehnte dankend ab und sagte, darüber müsse er erst eine Nacht schlafen. „Ganz wie du meinst", entgegnete Philipp mürrisch. „Sag mir beim nächsten Heimabend Bescheid". Darauf ging er wieder an den Tisch zu seinen Kumpanen.

Otto und ich liefen schnurstracks zum Spielplatz, den wir bereits bei Ausflügen mit den Eltern kennengelernt hatten. Wir waren vertraut mit den dort aufgestellten Geräten, wie Schaukel, Rutschbahn, Balancierbalken, Klettergerüst u.a.m. Die Jungs der anderen zwei Gruppen und Philips Pimpfe trafen erst viel später ein. Offenbar war denen die Orientierung an der Westseite der Bäume nicht recht gelungen, denn wie ich später erfuhr, verirrten sie sich und wurden von den Jungscharführern im Wald aufgesammelt und zum Treffpunkt gebracht. Als alle Jungs beisammen waren, kündigte der Fähnleinführer den Abmarsch an. Wir mussten in Dreierreihen antreten, und Philipp zählte unsere Köpfe. Danach meldete er dem Blondschopf, dass das Fähnlein komplett sei. Der befahl daraufhin: „Ohne Tritt marsch!" Auf demselben Weg, den wir auf den Venusberg hinaufgekraxelt waren, tippelten wir hinunter ins Tal. Von dort aus marschierten wir in geschlossener Formation zum Münsterplatz, wo der Fähnleinführer uns Pimpfe verabschiedete. Das Treffen mit dem Jungvolk war zu Ende, Otto und ich machten uns mit einem Mordshunger auf den Heimweg.

XXV

Tags darauf kam Ernst zu uns ins Haus und lud Otto und mich ein, am kommenden Wochenende an einem Zeltlager des Jungvolks teilzunehmen. Während ich zusagte, blieb Otto seiner Entscheidung treu, sich nicht vereinnahmen zu lassen und sagte ab. So ging ich allein am folgenden Samstag nach der Schule zur Haltestelle der Siegburgerbahn, wo ich Ernst treffen sollte. Bei der Haltestelle hatten sich bereits drei Jungs in Jungvolkuniform eingefunden. Anstelle von Ernst kam dann allerdings ein anderer, etwas älterer Junge dazu. „Sagt Paul zu mir", stellte er sich uns wartenden Jungs vor. „Ich werde euch zum Zeltplatz führen". Weitere Informationen erhielten wir vier dann von ihm in der Straßenbahn: „Wir fahren bis Hennef, erklärte er. „Dort steigen wir aus und marschieren zum Zeltlager. Ich werde euch die ganze Zeit über betreuen".

Nach etlichen Haltestellen war die Straßenbahnfahrt zu Ende und wir wanderten zum Zeltlager, das wir nach einer halben Stunde erreichten. Fünf große, runde Mannschaftszelte waren auf einer gemähten Wiese aufgeschlagen worden. Sie bildeten einen Halbkreis mit einem freien Platz, auf dem ein hoher Fahnenmast herausragte. Wir vier, die mit Paul gekommen waren, bevölkerten nicht als Erste und Einzige das Zeltlager. Im Gegenteil, vor den Zelten tummelten sich Jungs, die dabei waren, die aufgehäuften Strohgarben ins Innere der Zelte zu schaffen. Wir vier Spätankömmlinge legten dabei sofort mit Hand an. Ich konnte nicht widerstehen, mich in dem frisch duftenden Stroh genüsslich herumzuwälzen. Andere taten es mir gleich. Dann erschien Paul und sagte: „Richtet euer Nachtlager ein. Hier ist euer Zelt, das ihr mit acht Kameraden teilt". Bei mir gab's nicht viel einzurichten, denn ich hatte nur eine Schultertasche mitgenommen, in der ich ein Handtuch, ein Stück Kernseife und Zahnputzzeug verstaut hatte. Ich legte die Tasche an der Kopfseite des Zeltes ab. Ein fußtiefer Graben um das Zelt herum war zum Auffangen von Regenwasser angelegt worden .

Kaum hatte ich es mir im Zelt gemütlich gemacht, da erklang ein schrillender Pfeifton. Die gesamte Belegschaft des Zeltlagers, etwa vierzig Jungs, wurde zum Fahnenappell gerufen. Wir versammelten uns auf dem freien Platz beim Fahnenmast, wo wir auf das weitere Geschehen warteten. Dann kam der Lagerführer, den wir inzwischen kennengelernt hatten, in Begleitung von Paul und einem anderen Jungscharführer, der ein gewickeltes Fahnentuch auf seinem Arm trug. Die drei postierten sich beim Fahnenmast, wo Paul die ihm dargereichte Fahne an der Halterung befestigte. Als die Fahne zum Hissen bereit war, kommandierte der Lagerführer „Heiß Flagge! Paul zog sie darauf Stück für Stück in die Höhe. Es war eine rote Fahne mit einem schwarzen Hakenkreuz auf weißem, kreisrundem Grund. Paul trat dann einen Schritt nach vorne, schlug die Hacken fest zusammen, machte den deutschen Gruß und trug ein Gedicht vor: Dem Führer, von Will Vesper. So gelte nun wieder Urväter Sitte, es steigt der Führer aus Volkes Mitte . . . die Freien der Freie! Nur eigne Tat gab ihm die Weihe und Gottes Gnad! Der vor dem Heer herzog, ward Herzog genannt. Herzog des Reiches wie wir es meinen, bist du schon lange im Herzen der Deinen". So oder ähnlich lautete das vorgetragene Gedicht.

Nach dem Fahnenappell gab der Lagerführer das Programm fürs Wochenende bekannt: Sport, Spiele und eine Wanderung zur Burg Blankenberg. Sportgeräte standen nicht zur Verfügung, nicht einmal ein Fußball, deshalb machten wir ausschließlich Freiübungen und damit wurde sofort begonnen. Paul und der andere Jungscharführer, der sich mit dem Namen Helmut vorgestellt hatte, übernahmen den sportlichen Teil. Die beiden führten jede einzelne Übung praktisch vor: Rumpfbeuge vorwärts, rückwärts und seitwärts. Das klappte alles prima und auch beim Liegestütz bewiesen wir Jungs unsere gute Kondition. Aber bei manchen haperte es, eine Brücke zu machen. Sie stellten sich unbeholfen an, knickten beim Aufrichten zusammen und landeten mit dem Po oder mit dem Rücken auf dem Boden. Der Kopfstand wurde zu zweit ausgeführt: dabei machte einer die Übung, und der andere leistete Hilfestellung. Das geschah im Wechsel bis jeder von uns die Kerze auch ohne Hilfe einigermaßen schaffte.

Im Anschluss an die Freiübungen war Bockspringen an der Reihe. Wir mussten uns in zwei langen Reihen hintereinander aufstellen. Helmut und Paul hielten uns scharf im Blick. Wenn erforderlich korrigierten sie unsere Sprünge, tadelten aber auch jene, die mogelten, also ohne zu springen an den Böcken vorbeischlichen. Nach dem Bockspringen waren Zweikämpfe angesagt: Die Spielregel sah vor, stehend auf einem Bein und mit verschränkten Armen sich gegenseitig zu rempeln. Es wurde solange gerempelt, bis einer der Rempler mit beiden Beinen den Boden berührt hatte. Der Gewinner kämpfte dann gegen einen anderen Gewinner. Zum Schluss folgte das Huckepackspiel. Dabei standen sich zwei Paare gegenüber, jeweils zwei Träger und die auf ihren Rücken sitzenden Kämpfer. Nach dieser Spielregel gewann jenes Paar, dem es gelungen war, den Kämpfer vom Rücken seines Trägers herunterzustoßen. Es kam auch vor, dass beide, sowohl Träger wie Kämpfer vom gegnerischen Duo zu Boden geworfen wurde. Gänzlich ohne Blessuren verlief dieses Spiel allerdings nicht.

Am Abend versammelten sich alle Teilnehmer des Zeltlagers zum gemeinsamen Essen. Bei einer Gulaschkanone wurde Erbsensuppe auf Blechtellern ausgegeben. Mit vollen Tellern schritten wir am Lagerführer und den zwei Jungscharführern vorbei, die uns kritisch musterten. Als ich mit meinem Teller Suppe vorüberschritt, hörte ich, wie der Lagerführer zu Paul sagte: „Der Kleine da, der bekommt einen Nachschlag. Der muss noch wachsen". Die Suppe wurde im Schneidersitz bei den Zelten verspeist. Teller und Löffel wurden anschließend zur Gulaschkanone zurückgebracht. Über den mir zugedachten Nachschlag wurde allerdings kein Wort mehr verloren.

Zur Nachtruhe verkroch ich mich todmüde auf das Strohlager. Nach dem anstrengenden Tag mit Schule, Bahnfahrt, Fußmarsch, Sport und Spiel war ich hundemüde und schlief sofort ein. Und dann - ein heftiger Knall riss mich aus dem Schlaf, ich war hellwach. Strömender Regen trommelte auf das Zelt. Ich horchte noch einen Moment und sprang dann hoch. Ein schweres Gewitter entlud sich auf das bibbernde Zeltdach und ich bemerkte, dass der Zeltboden unter dem aufgehäuften Stroh nass und nässer wurde. Der kleine Graben um das Zelt herum konnte die Wasserflut nicht aufnehmen. Schnell raffte ich meine Habseligkeiten zusammen: Schuhe, Handtuch und Schultertasche und tappte im Dunkeln in die Mitte des Zeltes, wo schon andere Jungs sich hingestellt hatten, um das Unwetter stehend abzuwarten. Doch dann, völlig unerwartet kam Paul mit heller Taschenlampe zu uns ins Zelt und rief: „Kommt alle mit! Schnell hinter mir her!" Fluchtartig verließen wir alle das Zelt und rannten im strömenden Regen in eine Scheune des nahegelegenen Bauernhofes. Darin herrschte bereits dichtes Gedränge, aber ich fand noch eine freie Ecke, wo ich bis zum frühen Morgen hocken konnte.

Bei Tagesanbruch wurden wir Pimpfe per Triller-pfeife aus der Scheune herausgepfiffen. Wir versammelten uns vor den ramponierten Zelten zum Fahnenappell. Danach konnten wir bei der Gulaschkanone unser Frühstück empfangen und stärkten uns mit Rübenkraut bestrichenen, kräftigen Bauernbrotschnitten und einem Pott Malzkaffee. Paul hatte zwei unserer Zeltbelegschaft ausgewählt, die dabei helfen sollten, in der Scheune die alte Ordnung wiederherzustellen. Wir anderen schritten zu unserem Zelt, um dort die Spuren des nächtlichen Unwetters zu beseitigen. Wir rollten zuerst die Zelt-bahn rundherum hoch, damit die Sonne weit ins Innere scheinen konnte. Dann schafften wir das nasse Stroh ins Freie, breiteten es zum Trocknen auf der noch feuchten Wiese aus. Diese Arbeiten wurden ohne Werkzeug und nur mit den blanken Händen ausgeführt. Zum Glück schien die Sonne aus einem völlig wolkenfreien Himmel und sorgte mit ihren wärmenden Strahlen dafür, dass die Nässe nach und nach verschwand. Auch der Graben um das Zelt herum musste instand gebracht werden. Für diese Arbeit hatte Paul einen kleinen Spaten organisiert. So verstrich der ganze Vormittag mit Aufräumarbeiten rund ums Zelt herum.

Nachdem im Zeltlager die alte Ordnung wieder hergestellt worden war, erfuhren wir vom Lagerführer, dass die Wanderung zur Burg Blankenberg ausfallen müsse. Das Unwetter habe große Schäden verursacht, die noch nicht beseitigt werden konnten. Höhere Gewalt hatte das Glanzlicht des Zeltlagers, die Besichtigung der prächtigen Burganlage in Hennef, vereitelt, was allgemein bedauert wurde. Zur Mittagszeit gab's dann nochmals Erbsensuppe, von der mir der Koch einen kräftigen Schlag auf den Teller schöpfte. Nach dem Essen kam Paul zu unserer Zeltbeleg-schaft und teilte mit, dass wir die Rückreise nach Bonn antreten werden. Wir konnten also dem Zeltlager vorzeitig „ade" sagen. Keine Frage, das Unwetter hatte uns allen einen dicken Strich durch die Rechnung gemacht, aber das Zeltlager sollte in nächster Zeit wiederholt werden. Und obwohl ich die Möglichkeit gehabt hätte, dabei mitzumachen, zog ich es vor, meine Freizeit mit meinen Freunden am Schänzchen zu verbringen.

Das Zeltlager beim Jungvolk hatte ich freiwillig mitgemacht, doch beim Staatsjugendtag war die Teilnahme für alle Schüler der Stadt zwingend. Der Jugendtag fand an einem Samstag statt, an dem wir natürlich schulfrei bekamen. Otto, Hubert und ich mussten früher als an normalen Schultagen von zu Hause aus aufbrechen, weil der Sportplatz weit draußen vor der Stadt lag. Und obwohl wir frühzeitig dort eintrafen, herrschte schon reger Betrieb. Wir stellten uns in eine der bereits gebildeten Schlangen, um registriert zu werden. Dem Alter nach wurden wir in entsprechende Riegen eingeteilt und dann ging's unter Führung eines älteren Jungen zu den sportlichen Austragungsstellen. Als erste Disziplin schritt ich mit der mir zugeteilten Riege zum Weitspringen. Jeder hatte drei Sprünge wie beim Schulsport. Mindestens drei Meter erwartete unser Sportlehrer von uns Schülern und auch hier in meiner Riege schafften fast alle diese Weite.

Von der Sprunggrube aus schritten wir zur Aschenbahn. Dort dauerte es lange Zeit bis die Laufbahn für meine Riege freigegeben wurde. Die Laufstrecke betrug 60 Meter. Diese Strecke sollte in 12 Sekunden gesprintet werden, was nicht alle Jungs meiner Riege schafften. Die dritte und letzte Disziplin war das Werfen mit einem kleinen, harten Lederball. Das erweckte in mir böse Erinnerungen, denn mit einem solchen Lederball hatte ich einmal eine schmerzhafte Bekanntschaft gemacht und das kam so: Am Schänzchen hatten wir Jungs das Schlagballspielen ohne Schutzhelme betrieben, dessen Spielregeln u.a. vorsahen, den zum Mal rennenden Spieler mit einem Lederball abzuwerfen. Ein solcher landete auf meinem ungeschützten Kopf. Danach fanden meine Freunde und natürlich auch ich kein Vergnügen mehr an diesem Sport. Doch hier bei der Disziplin Werfen ging es nicht darum, einen laufenden Mitstreiter abzuwerfen, sondern den Lederball von der Abwurflinie aus möglichst weit ins Sportfeld fortzubringen. In meiner Riege schafften nur wenige die erwartete Weite von 25 Metern.

Den ganzen Vormittag und auch noch ein Teil der Mittagszeit waren bereits verstrichen, bis das Sportfest endlich über die Runden gebracht worden war. Bei der abschließenden Siegerehrung erhielt jeder Teilnehmer das Sportabzeichen, eine etwa drei Zentimeter große, rautenförmige Anstecknadel aus grauem Zinkblech, in deren Mitte ein Hakenkreuz geprägt war. Die Sieger klemmten sich das graue, ausdruckslose Sportabzeichen ans Hemd. Otto hatte dafür sofort einen Spitznamen bereit: Salmiakpastille, denn das Abzeichen hatte die Form der beliebten Nascherei, den Lakritz Plätzchen.

XXVI

Alfred, Reinold und Rudi hatten sich in letzter Zeit sehr rar gemacht. Alfred brauchte viel Zeit, um altgriechisch zu büffeln, Reinold musste in seines Vaters Werkstatt helfen, Rudi hatte eine Lehrstelle bei einer Bäckerei angetreten. Doch an diesem Sonntag im März trafen sie mit Otto und mir am Schänzchen nochmals zusammen. Alfred holte seinen Fußball und wir kickten, wie früher schon des Öfteren, auf ein „Tor", das wir mit zwei Steinen markierten. Ich war der Torwächter, während Alfred zusammen mit Otto gegen Reinold und Rudi spielten. Einmal landete Reinolds Schuss weit im Aus. „Nicht so hitzig, mein Freund", sagte Otto zu ihm. „Der Mai ist noch nicht gekommen". Damit spielte Otto auf Justus Lyra an, den Komponisten von ‚Der Mai ist gekommen', dessen Büste oberhalb des ‚Tores' in einer Mauernische ruhte. Der Mai war freilich noch nicht gekommen, aber gekommen war ein Soldat vom Rosenthal her, der den ins Aus getretenen Ball zurückkickte.

Anfang März war das entmilitarisierte Rheinland von der deutschen Wehrmacht besetzt worden und das Waisenhaus im Rosenthal diente einer Kompanie der einmarschierten Wehrmacht als Kaserne. Ich erlebte den Einmarsch dieser Kompanie als einziger Zuschauer vor unserem Haus. Vorneweg ritt der Hauptmann, dann folgten zu Fuß in Dreierreihen Offiziere, Unteroffiziere und Soldaten; alle trugen Stahlhelme mit Kinnriemen. Die Soldaten marschierten mit geschulterten Karabinern, in deren Mündungen bunte Frühlingsblumen steckten.

Und nun stand ein Soldat dieser Kompanie leibhaftig vor uns. Er trug ein Stoffbündel und ein Kommissbrot bei sich und fragte Reinold, ob er wisse, wo er seine Wäsche zum Waschen hinbringen könne. Reinold schickte ihn zu Frau Funke, die Heimarbeit verrichtete und nur einige Häuser weiter wohnte. Wenig später kam der Soldat zurück, diesmal ohne Brot und Wäschebündel, schaute uns beim Fußballspielen zu und kickte auch einige Bälle zurück, die ihm vor die Füße gerollt waren. Alfred fragte ihn, ob er Lust habe, mitzumachen. Der Soldat ließ sich das nicht zweimal sagen. „Isch benn de Christian", sagte er sich von seinem Uniformrock erleichternd und ihn auf das Eisengeländer am Flussufer ablegte. Koppel und Feldmütze legte er darunter auf den Boden. „Wir sind die Jungs vom Schänzchen", sagte Alfred. Der Soldat kam wie gerufen, denn er konnte Rudis Platz einnehmen, der sich wegen einer Besorgung von uns verabschieden musste.

Dem Soldaten machte das Spielen richtig Spaß, und die Zeit verflog dahin. Plötzlich brach er das Spiel ab und sagte, dass er leider in die Kaserne zurückgehen müsse. Er schaute hinüber zum Geländer, wo er seinen Uniformrock abgelegt hatte und erschrak, als er ihn dort nicht sah. Erschrocken fragte er in seinem Kölner Dialekt: „Wo ess minge Jubbes?" Wir alle schauten suchend umher. Koppel und Feldmütze lagen am Boden, wo er sie hingelegt hatte, aber der Uniformrock fehlte. Alfred ging gezielt zum Geländer, um nachzuschauen, und dann rief er „Hier ist der Rock!" Wir alle eilten zu Alfred und sahen den Rock unten im Wasser liegen. Keine Frage, auf dem glatten Eisengeländer war er abgerutscht und in den Rhein gefallen. Doch Christian hatte Glück. Seine Uniformjacke dümpelte im seichten Wasser. Wäre sie in den fließenden Strom gefallen, dann hätte er sie sobald nicht wiedergesehen. Flink kletterte Alfred die Werftmauer hinunter, ergriff den Uniformrock und brachte das triefendnasse Stück dem unglücklichen Soldaten. Jetzt war dringend Hilfe gefragt, und keinen Moment zögernd lief Christian zu Frau Funke, weil er hoffte, dass sie den Schaden ausbügeln könne. Das unterbrochene Fußballspiel setzten wir nicht fort, sondern warteten auf Christians Rückkehr, was noch eine ganze Zeitlang dauerte. Als er endlich erschien, eilte er, ohne bei uns anzuhalten, zu seiner Kaserne. „Hoffentlich kommt er mit einem blauen Auge davon", sagte Otto.

Durch das Treffen mit Christian, dem Soldaten der Wehrmacht, war uns die Militarisierung des Rheinlandes erst richtig bewusst geworden. Alfred sagte: „Das Rheinland war bisher das Faustpfand der Siegermächte, um die Reparationszahlungen vom Reich pünktlich zu kassieren. Am liebsten hätten die Franzosen das Rheinland vom Reich abgetrennt, aber Pustekuchen. Die deutschen Separatisten, die einen Rheinstaat schaffen wollten, wurden bei der Schlacht am Aegidienberg besiegt". Reinold meinte: „Endlich hat die neue Regierung klare Verhältnisse geschafft. Den Franzosen haben wir's gezeigt, dass wir Rheinländer keine Franzosen werden wollen". Daraufhin sagte ich: „Schon in der Sexta sangen wir ‚Deutsch das Lied und deutsch der Wein und deutsch das Herz am deutschen Rhein". Und Otto ergänzte: „Wir sangen ‚Sie sollen ihn nicht haben, den heiligen deutschen Rhein, auch wenn sie wie gierige Raben, sich heiser danach schreien". „Ja, und heute singen wir ‚Die Fahne hoch", sagte Alfred „Übrigens, viele junge Männer wollen zur deutschen Wehrmacht". Reinold sagte daraufhin: „Ich werde mich beim Reichsarbeitsdienst (RAD) verpflichten, sobald ich meine Lehre beendet habe". Daraufhin lästerte Alfred: „Zum RAD wirst du noch früh genug geholt. Alle Männer zwischen 18 und 25 Jahren müssen früher oder später beim RAD die Hacke schwingen. Genieße doch die Zeit mit deiner schönen Thekla". Otto warf ein: „In den letzten drei Jahren habe ich miterlebt wie die Jungschar aufgelöst wurde und das Jungvolk an ihre Stelle trat, und dass unsere Lehrer mit Heil Hitler begrüßt werden wollten". Reinold dazu: ‚Vergiss nicht die Hitlerjugend, du könntest jetzt mit deinen 14 Jahren beitreten". „Können schon", entgegnete Otto. „Aber ich muss es ja nicht." (Anmerkung: Ab 1. Dezember 1936 wurde es Pflicht mit 10 Jahren dem Jungvolk und mit 14 Jahren der Hitlerjugend beizutreten).

Zum Jungvolk gingen jetzt immer mehr Jungs in meinem Alter, denn dort konnten sie ihre freie Zeit mit Spiel und Sport in freier Natur verbringen und brauchten nicht auf der Straße herumzulungern. Beim Jungvolk wurden auch keine Mitgliedsbeiträge erhoben wie beispielsweise bei Turn- und Wandervereinen. Im Gegenteil, für Jungs von bedürftigen Eltern gab's sogar einen finanziellen Zuschuss zur Uniform des Jungvolks. Alfred sagte: „Diese Wohltat haben sie der katholischen Kirche nachempfunden, denn die Kirche lässt ihre Erstkommunikanten nicht in Alltagsklamotten zum Tisch des Herrn gehen". Er wusste, dass eine arme Familie vom Pfarramt einen Gutschein erhalten konnte, um damit beim örtlichen Einzelhandel einen Kommunionsanzug zu erwerben.

Bei uns Jungs vom Schänzchen war ein gemeinsamer Zeitvertreib fast gänzlich eingeschlafen. Das Kicken mit dem Soldaten der Wehrmacht war eine Ausnahme. Meine Geschwister, Otto und Hubert, verbrachten die freie Zeit nach der Schule mit neuen Freunden und auch Rudi, Wolfgang, Hansi und Zirjack gingen eigene Wege. Nach zwei Jahren kam völlig überraschend Reinold wieder einmal nach Bonn. Er hatte Karriere beim Reichsarbeitsdienst gemacht und bekleidete dort eine gehobene Position, was auch an seiner schmucken Uniform zu erkennen war.

Dann kam Krieg, der uns gänzlich auseinanderbrachte. Erst viele Jahre später kam ein Lebenszeichen von Alfred. Es erreichte mich als Kriegsgefangener in England. Nach meiner Entlassung aus der Kriegsgefangenschaft gab's dann ein Wiedersehen mit ihm in Bonn.

Er hatte inzwischen die Doktorwürde verliehen bekommen und gab mir wertvolle Ratschläge für mein Studium und meinen künftigen Beruf.

Ich wohnte bei meinen Eltern, die mich unterstützten und mir so mein Studium sicherten. Weil unser Haus am Schänzchen ausgebombt worden war hatten sie nun eine Mietwohnung weg vom Rhein bezogen.

Der Sandstrand am Schänzchen war ein wahres Spielparadies für Groß und Klein. Husaren ritten allerdings nicht mehr hierhin, um ihre Pferde im Rhein zu waschen. Auch geflößte Baumstämme versperrten den Strand nicht mehr und das Restaurant Schänzchen ist heute das Corpshaus der Alemannia.

In der von Efeu bewachsenen Mauer des Corpshauses der Alemannia befindet sich die Büste von Justus Lyra, dem Komponisten des Liedes „Der Mai ist gekommen". Die Straße Rosenthal führt abschüssig zum Erzberger-Ufer hinunter, eine ideale Strecke für die Seifenkistenrennen und fürs Rodeln.

177

Die schwimmenden Badeanstalten unterhalb des alten Zolls waren für uns Jungs kein wirklicher Ersatz fürs Schwimmen im offenen Rhein. Doch wegen der zunehmenden Verschmutzung des Rheinwassers nahmen wir sie zeitweise in Anspruch.

Nahe beim Schänzchen lagen die Anlegestellen der Strompolizei, einer Speditionsgesellschaft (vorne) und der Nederlands Scheepvaartlijn. In Hintergrund ist die im Jahre 1898 eingeweihte Rheinbrücke, die Bonn mit dem rechten Rheinufer verbindet, zu sehen.

Bei der katholische Stiftskirche zu Bonn war an manchen Sonntagen der Treffpunkt der Kommunisten, die nach der letzten Messe in geschlossenen Reihen mit Fahnen und Schalmeienklang durch die Stadt marschierten.

Das Bröckemännche streckt sein Hinterteil gen Beuel. So protestierten die Bonner gegen die Beueler, weil diese anteilige Kosten für den Bau der Rheinbrücke ablehnten.

Die romanische Doppelkirche St. Maria und St. Clemens zu Schwarzrheindorf. Mit ihrem mächtigen Vierungsturm, einer mit Säulen geschmückten Zwerggalerie und mit berühmten Wandmalereien ist sie ein imposantes Gotteshaus.